Thomas von Steinaecker

GEISTER

Roman

Mit Comics von Daniela Kohl

FRANKFURTER VERLAGSANSTALT

Die Arbeit an diesem Text wurde unterstützt durch ein Aufenthaltsstipendium des Literarischen Colloquiums Berlin

Besonderer Dank an Stefanie Geiger, Korbinian Schneeberger und Julian Doepp

www.ute-comic.de

Comics: Zeichnungen von Daniela Kohl
Szenario und Text von Thomas von Steinaecker
Herstellung und Schutzumschlaggestaltung: Laura J Gerlach
unter Verwendung einer Zeichnung von Daniela Kohl
Satz: Fotosatz Reinhard Amann, Aichstetten
Druck und Bindung: freiburger graphische betriebe, Freiburg
Printed in Germany
ISBN: 978-3-627-00150-6

WAS DU NICHT SIEHST

JÜRGEN SIEHT seiner Geburt zu. Das Gesicht seiner Mutter ist schmerzverzerrt. Sie presst. Sein Vater steht hinter ihr, hat ihr die Hände auf die Schultern gelegt. Dann hält seine Mutter erschöpft, aber glücklich lächelnd, ein Baby in den Armen, ihn, Jürgen, ein winziges rotes Knäuel, die Augen fest zusammengekniffen. Schnitt. Die Eltern betreten mit ihm zum ersten Mal das Haus, sie flüstern. Schon länger wurden die Bilder nicht mehr mit Musik unterlegt, mit dieser langsam-verträumten Klaviermelodie, die bereits mehrmals erklungen ist. Einzig die Geräusche im Haus sind zu hören, die hallenden Schritte, die leise Stimme seiner Mutter. Sie hält ihn an sich gedrückt; wie vorsichtig sie ihn trägt. Schnitt. Das Zimmer. Die braunen zugezogenen Vorhänge. Die Mutter legt ihn in die Wiege, der Vater steht daneben, streckt hilfsbereit die Arme aus, sagt zärtlich: „Na, du Kleiner?" Jürgen fällt auf, dass er ja in der Wiege seiner Schwester liegt, auf jeden Fall befindet sich die Wiege in ihrem ehemaligen Zimmer, vielleicht macht das alles deshalb einen so unheimlichen Eindruck auf ihn, die halbdunklen Möbel, seine Eltern wie Schatten dazwischen, die angelehnte Tür.

Und dann hat Ulrike tatsächlich da gestanden. Für den Bruchteil einer Sekunde hat Jürgen sie für eine Sinnestäuschung gehalten, seine Schwester, in der rechten Hand den Teddybären, in der linken die Gießkanne, rote Gummistiefel, Zahnlückengrinsen, genau wie auf dem Foto, dem Lieblingsfoto der Eltern, nein, es *ist* das Foto, das leicht verschwommen eingeblendet wurde und über das nun der Abspann läuft, *Regie, Produktion, Wir danken der Familie Kämmerer.*

Das Licht geht an. Jürgen sieht aus dem Augenwinkel, wie seine Mutter neben ihm noch schnell in den Taschenspiegel schaut und eine Haarsträhne zurückstreicht. Vorne im Saal stehen zwei Männer mit Kameras, wo kommen die denn

plötzlich her? Bischoff, den Jürgen nur *den Regiefuzzi* nennt, steigt in seinem hellbraunen Kordanzug auf die Bühne.
„Einen guten Abend zusammen. Ich begrüße Sie. Werner Bischoff mein Name. Der Regisseur des Films, den Sie eben sahen. Erst einmal herzlichen Dank für die Einladung, und ich würde jetzt den Fragenteil eröffnen, die Podiumsdiskussion, ja?"
Er schaut, wie Jürgen meint, hilfesuchend zum Ende des Saals, wo wohl der Kinobesitzer steht.
„Ja – noch ein Wort zu den Kameras, bitte nicht erschrecken. Das hat nämlich folgende Bewandtnis: Ich drehe gerade einen neuen Film über die Familie Kämmerer, das Sequel sozusagen", er lacht kurz auf. „Ich bitte jetzt also Frau und Herrn Kämmerer auf die Bühne."
Für einen Moment kann Jürgen kaum atmen. Es war zwar abgesprochen, dass er nicht mit auf die Bühne zu kommen braucht. Aber falls der Fuzzi es sich anders überlegt und ihn ankündigt, könnte er ja wohl kaum so tun, als säße er nicht hier und hätte nichts gehört.
Im Publikum fangen ein paar Leute an verhalten zu applaudieren, man ist sich spürbar unschlüssig, ob ein Applaus dem Film und vor allem der Situation angemessen ist. Jürgens Eltern setzen sich an den Tisch, der inzwischen auf der Bühne steht.
„Bitte, Fragen, ja?" Der Fuzzi schaut nervös in den Saal. Tatsächlich schnellen sofort mehrere Hände in die Höhe.
„Meine Frage wäre: Hat sich denn seit diesem Film irgendetwas in dem Fall ergeben? Gibt es eine Spur von dem Mädchen, also Ihrer Tochter? Und dann würde mich außerdem noch interessieren, ob sich der Verdacht gegen diesen Oliver Hoffmann, den Mörder … also den, von dem man jetzt im Film gehört hat, dass der das war … ob sich der Verdacht be-

stätigt hat.“ Die ältere Frau spricht in einem seltsam gestelzten Tonfall, sie brüllt fast, vielleicht, weil eine Kamera auf sie gerichtet ist.

Jürgens Mutter antwortet mit „Nein“ und fährt mit leiser, aber gefasster Stimme fort: „Was ich dazu sagen kann, ist: Es gibt keine Spur. Damals nicht und heute nicht. Jedenfalls ist es das, was uns die Polizei sagt. Dazu möchte ich noch hinzufügen: Herr Hoffmann steht nächste Woche wieder vor Gericht.“ – Flüstern im Saal – „Der Fall wird noch einmal aufgerollt, da es neue Indizien gibt. Ein ehemaliger Mithäftling hat von einem Geständnis Hoffmanns erzählt.“ Als lese sie das gerade ab, denkt Jürgen, als habe sie das vorher eingeübt, jedes Wort, das ausdruckslose Gesicht. Er hat dieses ganze Theater so satt, die endlosen Gespräche zu Hause, die vermeintlichen neuen Verdachtsmomente, Ulrike lebt, Ulrike ist tot, Hoffmann ist es, Hoffmann ist es nicht, und jetzt auch noch diese Filmvorführung. Warum kann man nach all den Jahren nicht endlich einen Schlussstrich ziehen? Ulrike ist tot, Punkt.

„War es denn schwer für Sie“, erkundigt sich ein Herr mit weißem Haar in der ersten Reihe, „direkt nach dem Verschwinden der Tochter so tiefe Einblicke in die eigene Seele“ – er sagt *Seele* – „zu gewähren?“

Das wird jetzt sein Vater beantworten, Jürgen ist sich da sicher, seine Mutter, das sieht er an ihrem starren Blick, packt das alles gerade nicht. „In der Tat ist dies ein Problem gewesen“, erklärt sein Vater – voilà –, jedes Wort betont er, ganz Studienrat. „Aber ich verrate Ihnen jetzt einmal etwas: Erstens hat es im Nachhinein gutgetan. Ein gewisser therapeutischer Effekt. So möchte ich das nennen, auch wenn ich das nicht überbewerten möchte. Zweitens: Es gilt hier etwas zu demonstrieren. Etwas ganz Wichtiges. Nämlich: Das Leben

geht weiter. Das ist nicht das Ende. Der Film endet ja deshalb im Grunde – positiv."
„Apropos: Die Geburt des Sohnes", eine junge blonde Frau mit Brille in Jürgens Reihe ist aufgestanden. „Wie geht denn *der* mit der ganzen Geschichte um? Wie steht der zu seiner, na ja, Schwester. Ich stelle mir das unglaublich schwierig vor. Die hat er doch nie kennengelernt. Wenn ich das richtig verstanden habe, ist er ja erst geboren worden, nachdem sie verschwunden ist. Oder wie ist das?"
Jürgen merkt, dass er errötet, und schaut auf den Boden. Der Schnee von den Stiefeln ist zu kleinen Pfützen geschmolzen, darum verstreut: Steinchen. Was, wenn der Fuzzi ihn jetzt bittet, auf die Bühne zu kommen? Jürgen macht einen auf Schnellvorlauf. So nennt er es, wenn die Zeit nicht vergehen will und er sich sich selbst in der nahen Zukunft vorstellt: Einfach Augen zu, die nächsten Minuten, manchmal Stunden zeitrafferschnell vorspulen, und schon ist er genau da, wo er gern wäre, zum Beispiel im Auto draußen auf dem Parkplatz; aus dem auf die Höchststufe gestellten Gebläse kommt warme Luft.
„Natürlich ist das ein schwieriger Punkt, den Sie da ansprechen", antwortet sein Vater, Jürgen macht die Augen wieder auf. „Aber wir" – sein Vater berührt Jürgens Mutter am Arm – „halten es für falsch, vor unserem Sohn so zu tun, als habe es Ulrike nie gegeben. Ulrike *ist* nun mal seine Schwester. Und sie ist ermordet worden – wahrscheinlich. *Natürlich* ist das schwierig. Für alle Beteiligten."
Sein Vater schaut die ganze Zeit die junge blonde Frau an. Als ob Jürgen nicht existierte. Als ob er nicht auch hier sitzen würde, im Kino.

AUS DEM GEBLÄSE kommt ein warmer Luftstrom, die Klappen im Inneren des Armaturenbretts quietschen in einem unregelmäßigen Rhythmus. Weil es noch dauerte, hatte Jürgen seinen Vater um den Autoschlüssel gebeten und war über den Parkplatz gespurtet. Das Einatmen schmerzte in den Lungen, eiskalt war es. Selbst als Jürgen auf dem Fahrersitz Platz genommen und die Tür hinter sich zugeknallt hat, kommen noch immer kleine Wölkchen aus seinem Mund. Die Scheiben sind völlig beschlagen, und Jürgen muss daran denken, wie er vor ein paar Minuten an genau diese Szene gedacht hat: Er im Auto, Lüftung auf voll.

Eigentlich könnte er schnell eine Runde drehen, drinnen brauchen sie sicher noch ein Weilchen. Andererseits: Würde ihn sein Dad fahren sehen, würde der extrem sauer werden. Nur seine Mutter weiß, dass Jürgen ab und zu mit dem Auto freitagnachmittags, wenn der Vater in der Schule ist, die leeren Straßen an den noch unbewohnten Rohbauten im Neubaugebiet entlang fährt, in dem aber bereits nachts die Straßenlaternen brennen. Sie sagt immer nur, er solle um Gottes willen vorsichtig sein, und macht dabei diese Miene von wegen: Er wisse schon. *Noch* einen Verlust könnte sie nicht und so weiter … Das ist alles ein Witz. Jürgen hat für teures Geld den Führerschein gemacht, darf aber nur fahren, wenn Mutti oder Papi dabei sind, allein sei es viel zu gefährlich, so sein Vater. Wenn ihn nicht Manfred oder die anderen mitnehmen, sitzt er am Wochenende zu Hause fest und unter der Woche im Internat. Es gab schon so viele Abende, wo er in der Disco oder auf einer Party hätte sein können; aber sein Dad blieb eisern. Also hatte Jürgen stattdessen im Bett gelegen oder vor dem Fernseher gesessen und hatte sich vorgestellt, was er tun würde, über was er reden würde, wäre er in diesen Momenten mit Manfred und den anderen unterwegs.

Plötzlich klopft es an die beschlagene Scheibe. Erschrocken wischt Jürgen ein Guckloch frei. Seine Eltern stehen draußen, daneben der Regiefuzzi und einer der beiden Kameramänner.

Auf der Rückfahrt nach Hause sind sie mit dabei und drehen, der Kameramann hinten zwischen dem Regiefuzzi und Jürgen, für den kaum noch Platz ist. Auf der Autobahn schaut er gelangweilt aus dem Fenster, auf die Autos, die hin und wieder an ihnen vorbeiziehen, die Opels, Fords, die VWs, die Schemen darin, ein Auto ist innen beleuchtet, eine blonde Frau mit Pferdeschwanz sitzt am Steuer und bewegt ihre Lippen, obwohl sie allein ist, vielleicht singt sie ein Lied aus dem Radio mit. Jürgen fällt die Szene aus dem Film ein, in der eine von Hoffmanns Fahrten durch Augsburg nachgestellt war. Der Zuschauer sieht alles in Zeitlupe und mit Oliver Hoffmanns Augen: von den Erwachsenen immer nur die Beine, die Kinder, in den Gärten, auf den Spielplätzen, auf dem Gehsteig, dann Ulrike von schräg oben, wie Hoffmann sie auf einer Wiese hinter sich herzerrt. Genauer: Man sieht das kleine Mädchen, das damals die Ulrike spielte und das tatsächlich ziemliche Ähnlichkeit mit der wirklichen Ulrike besaß, also jener vom Foto, das beim Abspann gezeigt wurde, ihre Stimme klang verhallt, ihre Lippen bewegten sich stumm, dann erst die Sätze: „Nein, nicht! Bitte tu mir nicht weh!“

Jürgen hat sich früher oft ausgemalt, wie das wohl gewesen sein musste, als die Ulrike entführt und umgebracht wurde. Der Film hat dann tatsächlich nahezu exakt seiner Vorstellung entsprochen: Ulrike und Hoffmann auf dieser Wiese hinter dem Haus in Augsburg, nur dass Jürgen nie wirklich Ulrikes Gesicht vor sich sehen konnte. Aber jetzt war es da. Ganz deutlich. Ulrike hat Sommersprossen.

Der Regiefuzzi unterhält sich mit Jürgens Eltern, fragt, was sie fühlen, nun, da sie den Film nach so langer Zeit wieder gesehen haben. Sie müssen sehr laut sprechen, beinahe brüllen, weil Dad es sich natürlich nicht nehmen hat lassen, das Fenster einen Spalt herunterzukurbeln, damit der Rauch von seiner Zigarette abzieht. Seltsamerweise ist Jürgen für einen Moment froh, dass der Kameramann und der Fuzzi mitfahren, weil seine Eltern sich in ihrer Gegenwart zusammenreißen. Kein einziges Mal haben sie heute gestritten oder über die Scheidung geredet, das muss der Fuzzi nicht mitkriegen, so hatten sie es vereinbart. Nach außen soll der Eindruck entstehen: „Wir sind eine Familie“, „Wir schaffen das.“ Jürgen soll es recht sein, solange sich seine Eltern nicht wieder anfetzen.

Als sich der Regiefuzzi zurücklehnt und vorbei am weit vorgebeugten Kameramann, von dem jetzt ein strenger Schweißgeruch kommt, Jürgen einen Blick zuwirft, geht der ins Hohlkreuz, tut so, als filme er, indem er ein Auge zukneift, die Nase rümpft, die Zunge rausstreckt, schaut dann ganz schnell wieder zum Regisseur, der nickt und jetzt seinerseits den Kameramann nachmacht. Bischoff findet Jürgens Nummer richtig witzig.

Auf der Strecke von der Ausfahrt bis nach Traunstein sagt dann keiner mehr etwas. Der Kameramann hat seine Kamera auf den Schoß gelegt, sich zurückgelehnt, die Augen geschlossen und laut durch den Mund geatmet. Beim Gasthof am Marktplatz halten sie. Jürgen steigt nicht wie die anderen zum Verabschieden aus. Man sieht sich ja sowieso am Mittwoch wieder, wenn er sein Interview hat. Als Bischoff sich noch einmal ins Auto beugt und „Ciao, Jürgen“ ruft, könnte Jürgen nicht sagen, ob Bischoff nur bemüht höflich oder aufrichtig freundlich ist. Jürgen möchte jetzt bloß nicht zeigen, dass es ihm etwas wert wäre, wenn Bischoff ihn tatsächlich cool fände, und sagt zur Sitzlehne vor sich: „Man sieht sich."

JÜRGEN WEISS NICHT, warum; aber erst nachdem er diesen Film gesehen hat, fiel ihm, zum ersten Mal seit sie in Traunstein wohnen, auf, wie viele Bilder von Ulrike sich überall im Haus befinden. Klar: Die silbernen und hölzernen Rahmen haben immer schon auf der Kommode, auf den Regalen und auf dem Fensterbrett versteckt zwischen den Topfpflanzen gestanden. Aber die Rahmen hätten auch genauso gut leer sein können, Jürgen hatte nie richtig auf die Fotos darin geachtet. Am Sonntagnachmittag – die Eltern sind nicht da – hat er sie sich näher angeschaut. Im Film waren dieselben Bilder gezeigt worden, aber viel zu schnell. *Ulrike hat seinen Mund.* Er kann nicht sagen, ob das der Mund seiner Mutter oder seines Vaters ist. Wenn er sich ihre Gesichter genau vorzustellen versucht, gelingt es ihm nicht. Dabei sieht er sie doch fast jeden Tag. Ulrike hat seinen Mund, das ist ihm heute zum ersten Mal bewusst geworden.

Er ist ins eiskalte Schlafzimmer seiner Eltern gegangen, die Fenster sind gekippt. Eigentlich ist er hier nie. Es gilt für ihn als ausgemacht, dass er *diesen Bereich*, wie sein Vater manchmal sagt – „Wir ziehen uns jetzt in unseren Bereich zurück" –, nicht betreten soll. Vor dem riesigen Doppelbett mit der glatten weißen Tagesdecke – sie würde sich ganz flauschig anfühlen, ließe er sich hineinplumpsen –, dem Spiegel daneben, in den er sich zu schauen scheut, hat er einen kurzen Blick auf das Foto Ulrikes auf dem Nachttisch seiner Mutter geworfen, dasselbe wie auf der Kommode im Wohnzimmer, Ulrike mit Gießkanne und Teddybär.

Doch da ist noch etwas anderes. Schon beim Betreten hat ihn etwas Rechteckiges, Buntes in einem silbernen Rahmen über dem Nachttisch angezogen, aber er wollte es sich aufsparen. Eine Kinderzeichnung, Vater, Mutter, Tochter, Unterschrift im rechten Eck: *UK*.
Es kommt ihm vor, als nähmen ihm die Fotos und besonders dieses Kritzelkratzel Platz in den Zimmern weg, sie engen ihn ein, er spürt es deutlich an seinen Armen, an seinem Bauch: Die Bilder drücken dagegen.
Im Wohnzimmer öffnet er den silbernen Rahmen auf dem Fensterbrett, steckt das Foto in seine Hosentasche und stellt den leeren Rahmen wieder zurück.

EIN PAAR STUNDEN SPÄTER, im Internat in Ising, checkt Jürgen als Erstes das Fernsehzimmer, ob Manfred und die anderen Internen schon eingetrudelt sind. Der Fernseher läuft zwar, ein Auto jagt mit quietschenden Reifen einem anderen hinterher, über die steilen Straßen von San Francisco, „Is' was Doc?", Jürgen kennt die Szene – aber das Zimmer ist leer. Auch im Treppenhaus niemand, keine Spur von Bogner, dem Heimleiter, der die unangenehme Angewohnheit hat, unangemeldet und ohne zu klopfen in den Schlafzimmern und den Duschräumen, sogar jenen der Mädchen, aufzutauchen. Hinter manchen Türen hört Jürgen, als er mit der Tasche auf der Schulter durch den Gang trottet, Flüstern, einmal ein Lachen.
Er sperrt das Zimmer auf und ist enttäuscht: auch hier keine Spur von Manfred – was aber vielleicht letztlich ganz gut ist, weil Jürgen ihm sonst womöglich noch von der Podiumsdiskussion und überhaupt von der Dokumentation erzählen

würde. Dann wäre es raus. In der Vergangenheit gab es schon öfter Situationen wie diese, wo er über etwas reden möchte und es nur diese eine Sache gibt und er sich auf nichts anderes konzentrieren kann, wo er plötzlich zu plaudern begonnen und sich noch im selben Augenblick gewünscht hatte, das nicht gesagt zu haben; zum Beispiel, dass er übrigens Tagebuch führe, dass er bei diesem Film neulich im Kino am Schluss plötzlich flennen musste, wie oft er onaniert. Er darf Manfred und den anderen auf keinen Fall etwas von der Podiumsdiskussion erzählen.

Jürgen war froh, als er vor drei Jahren nach Ising kam, endlich weg aus Augsburg-Hochzoll, weg vom *Diesel* alias Rudolf-Diesel-Gymnasium, wo jeder über die Sache mit der Ulrike Bescheid wusste und ihn manche in der Schule mit diesen Augen anschauten – als sähen sie gerade einen Geist. Seine Kollegstufenbetreuerin Frau Bräuer, die ihm in Französisch nur zwei Punkte gab und dafür sorgte, dass er eine Ehrenrunde drehen musste – seit dem Herbst kommt es ihm so vor, als sei er in einer Zeitschleife gefangen, wie in einem dieser Science-Fiction-Filme –, die Bräuer ist die Einzige hier gewesen, die ihn im Unterricht, als sie diese Geschichte über eine Entführung lasen, plötzlich für eine Sekunde mit genau denselben Augen angeschaut hat. Von da an war ihm klar, dass sie es weiß; dass seine Eltern es ihr gesagt haben mussten. Nach der Ausstrahlung des Films im Januar werden ihn alle so anglotzen; wenn er daran denkt, muss er immer nervös mit den Beinen wippen und mit dem Zeige- und Mittelfinger hutschen, schnell, ventilatorenmäßig.

Als er in der Sechsten so eine Phase hatte, wo er kaum noch sprach und nur noch im Bett lag, nichts anderes mehr tun konnte – versuchte er aufzustehen, war das, wie wenn er einen schweren Fels einen Berg hochrollte –, hatten seine Eltern sofort gesagt, dass das mit der Ulrike zusammenhängen müsse, genau wie dann der Psychologe, der, das merkte Jürgen bald, immer etwas aufschrieb, sobald er von seiner Schwester zu sprechen begann. Irgendwann laberte Jürgen nur noch von seiner Schwester, log, wie sehr er sie vermisse, weil er wollte, dass der Psychologe nach seinem Kuli griff. Sehen ihn die Leute jetzt hier, im Internat, denkt Jürgen und zieht seine Hose aus, sehen sie in ihm nicht *den mit dieser Schwester*, sondern einen Metaller, einer, der zur Clique von Manfred und den anderen gehört.

Er legt sich mit seinem Walkman aufs Bett, der *AC/DC*-Song läuft genau an jener Stelle weiter, an der er ihn Donnerstagabend ausgeschaltet hatte, Jürgen erinnert sich jetzt wieder. Er müsste eigentlich noch Mathe vorbereiten für morgen, aber er ist so platt, dabei hat die Woche noch gar nicht angefangen, was zu der alten Frage führt, ob denn nun Sonntag der erste Tag der Woche ist oder doch Montag. Im Waschraum schraubt er den Verschluss der Tube ab, quetscht die Zahnpasta auf die Bürste, weiß, rot, blau, und putzt sich die Zähne; der Kachelboden ist eiskalt an den nackten Füßen, hat er das geträumt? Ja, er war gerade eben definitiv nicht im Waschraum, er hat ja noch seine Socken an und liegt auf dem Bett.

Für einen Moment muss er eingenickt sein.

Während er sich zudeckt, beschließt er, erstens, nicht mehr Zähne zu putzen, und zweitens, heute im Schlaf bloß nicht wieder zu jammern, das ist ihm doch sonst nie passiert, auch nicht die Jahre davor, als er noch mit Patrick das Zimmer teilte, das muss sich doch irgendwie steuern lassen. Innerhalb der letzten vier Wochen hat ihn Manfred mindestens zweimal wachgerüttelt. An seinem Gesichtsausdruck hatte Jürgen gesehen, dass Manfred ihn nicht verarschte. Richtig erschrocken hatte der geschaut, konnte oder wollte dann jedoch nicht wiedergeben, was denn genau Jürgen gesagt hatte. Manfred hatte nur gemeint, Jürgen habe wohl einen Alptraum gehabt und er solle in Zukunft weniger Stephen-King-Filme angucken.

Früher, noch in der Grundschule, hatte er öfter von Ulrikes Teddybär geträumt, Ted. Im Traum hatte Jürgen in seinem Bett in Augsburg gelegen und Ted im Arm gehalten. Ein unbeschreibliches Glücksgefühl erfüllte ihn dabei. Er blickte in Teds Gesicht, das ihn anlächelte, ja, Ted, zum Leben erwacht, zwinkerte Jürgen zu. Dann streckte Ted seinen kleinen Arm nach Jürgens Nase aus. Der flauschige Stoff kitzelte Jürgen an der Nase; das Kitzeln wurde zum Kratzen; Jürgen lachte, versuchte, Ted abzuwehren, „Lass mal“. Aber Ted hatte sich in Jürgens Nase verhakt, zog an ihr, nein, zog *sich* zu Jürgen, der, gelähmt vor Angst, in eine hässliche Fratze, ein aufgerissenes Maul starrte, auf Fänge, die sich in seine Nase bohrten, seine Wangen. Wenn seine Eltern wegen seines Wimmerns und Schreiens in sein Zimmer stürmten, hatte er gesagt, er sei vor „großen bösen Hunden“ davongelaufen, ein Traum, von dem er wusste, dass sein Vater ihn ab und zu hatte – und es funktionierte: Sein Vater strich ihm liebevoll über den Kopf und küsste ihn auf die Stirn.

Aber schon lange, vielleicht seit ihrem Umzug nach Traunstein, träumte er nun nicht mehr von Ted. Ja, auch wenn sich Jürgen sehr konzentriert, kann er sich nicht daran erinnern, was er da in Ising seit neuestem träumt. Manchmal hat er das Gefühl, er käme gleich darauf. Er weiß zum Beispiel wieder, dass alles im Traum in ein grünliches Licht getaucht war und er die Stiege eines schmucken alten Hauses hochstieg, er wirft dabei einen Schatten auf die Stufen vor sich. Es bräuchte nur einen Auslöser, eine Art Zauberwort, *Simsalabim*, und Jürgen

wüsste wieder, warum er sich auf dieser Treppe befindet. Peinlich ist das auf alle Fälle, im Schlaf zu wimmern wie ein kleiner Junge oder ein Mädchen.
Manfred kommt, seine Mutter lässt ihn vor dem Eingang des Internats aus dem roten Volvo oder Mercedes aussteigen, er geht durch die Gänge, öffnet die Zimmertür, Jürgen sitzt noch über der Mathehausaufgabe, sie unterhalten sich über das Wochenende, die Podiumsdiskussion, Ulrike, Jürgen schreckt auf.
Wieder eingenickt.
Das Zimmer ist leer. Jürgen stellt den Walkman aus und schließt die Augen. Morgen Abend. Ja. Morgen Abend wird er genau an dieser Stelle einschalten, das Gitarrensolo, Angus Young wird es zu Ende spielen, als hätte es den Tag dazwischen nicht gegeben.

JÜRGEN MACHT einen auf Schnellvorlauf: Abi-Durchschnitt zwei Komma drei, der Vater will, dass Jürgen VWL studiert, Jürgen will nicht, Jürgen bricht mit seinen Eltern, Jürgen macht eine Weltreise, Jürgen übernachtet in einer Jugendherberge in Lhasa, einer ehemaligen Kaserne mit Blick auf den Palast des Dalai Lama, es ist sehr kalt, Jürgen kehrt nach München zurück, von dem Geld, das er als Verkäufer hinter der Wursttheke beim *Tengelmann* verdient, nimmt er sich ein Zimmer, Jürgen studiert Psychologie, Jürgen heiratet, seine Frau ist blond und Künstlerin, sie macht Installationen, Jürgen hat mit ihr eine Tochter, die Tochter heißt Sonja, Jürgens Dad stirbt, irgendwann in der Nacht kommt der Anruf von Jürgens Mutter, dass sein Vater tot sei, wenn Jürgen sich entscheiden müsste, auf wen von seinen Eltern er am ehesten verzichten würde, die Wahl würde auf seinen Vater fallen, Jürgen wird älter, er hat eine gutgehende Praxis in Germering, er hat Haarausfall, zuerst bekommt er Geheimratsecken, dann eine Stirnglatze, er geht in Rente, mit seiner Frau fährt er an all die Orte, die er schon immer sehen wollte, Indien, Mexiko, Japan, Sonja studiert Veterinärmedizin in Hamburg, weil dort ihr Freund wohnt, Jürgen bekommt Lungenkrebs, Jürgen stirbt.

ER SCHAUT wieder von dem Blatt in seinem Ordner auf, auf dem er, ja, wie lange eigentlich?, sicher schon seit über ein, zwei Monaten herumschmiert, immer wenn ihm langweilig ist, und tatsächlich ist es gerade unsäglich langweilig. Denn der Mandl erklärt auf dem Tafelbild das Schema einer Kläranlage. Auch wenn der Mandl in seinem Bio-Leistungskurs die Themen in einer anderen Reihenfolge durchnimmt und manchmal einen Punkt auslässt, auf den der Neumayer letztes Jahr Wert legte, braucht Jürgen nur ein bisschen in seinen Aufzeichnungen am Ende seines Ordners zu blättern, um zu wissen, was der Mandl in den nächsten Minuten sagen wird. Manchmal stimmen die Sätze vom Mandl sogar bis in die Wortwahl überein mit dem, was Jürgen letztes Jahr aufgeschrieben hat; es steht alles in blauer Tinte in seinem Ordner. Während alle anderen um ihn Mandls Zeichnung kopieren und auch Jürgen so tut, als vergleiche er das Schema auf der Tafel mit dem Schmierblatt vor ihm, ist er in Gedanken ganz woanders. Schnellvorlaufmäßig hat er sich zum Mittwoch vorgespult. Der Ort: das Zimmer bei seinen Eltern in Traunstein. Obwohl er da gar nicht sein will; aber schon den ganzen Tag kommt ihm der Termin für das Interview mit Bischoff in den Sinn, und weil sich dann so ein gar nicht cooles Gefühl einstellt, versucht er, es weit von sich wegzuschieben und stattdessen an die Party nächsten Freitag zu denken. Am Freitag wird Billy das *Target* sein, auch wenn Jürgen noch keine Ahnung hat, wie er überhaupt mit ihr ins Gespräch kommen soll. Löst er sich von seiner Clique, Manfred, Gerhard und den anderen, und wartet, bis Billy an die Bar kommt, dann weiß sowieso jeder und vor allem Billy – die über diese Freundin von Manfred wahrscheinlich ohnehin schon alles gesteckt bekommen hat –, dass Jürgen was von ihr will. Außerdem kann er sich dann in seiner Clique nicht mehr blicken lassen. Wenn er jetzt was mit einem Mädchen anfängt, ist er kein Metaller mehr, sondern eine Memme, die Clique wird ihn so behandeln, als wäre er einer dieser externen Superschnösel. Schon seit Tagen freut er sich auf heute Abend, die wöchentliche Session mit Manfred, Gerhard und den anderen, auf dem Speicher, im Lagerraum für die Schulbücher, dieser Blick von der Dachluke aus, obwohl „freuen“ eigentlich der falsche Ausdruck ist für dieses Gefühl der Sicherheit, dass es da einen Raum gibt, von dem man weiß: Du brauchst nur zu einem bestimmten Zeitpunkt die Tür öffnen, und all deine Kumpels sitzen da und begrüßen dich, „looking forward“ trifft es eher, aber wie sagt man das auf Deutsch?

Als er dann um neun mit der Clique wie jedes Mal auf dem staubigen Boden vor den Regalen sitzt, in denen sich die Bücher stapeln, und er kurz durch die Dachluke in der Dunkelheit draußen die Lichter der Dörfer am Alpenrand funkeln sieht, ganz klein, weit entfernt, muss er für eine Sekunde daran denken, dass er ja genau diese Szene heute Morgen im Bio-Leistungskurs vor Augen hatte: Gerhard auf dem Boden, Manfred stehend mit Kippe, Simon auf einem Schemel,

Marco auf der Kiste, im *Metal-Hammer* blätternd. Schon während des Mathe-Grundkurses hat Jürgen das Schmierblatt mit dem schwarzen Marker zu übermalen begonnen, jetzt ist er fertig und betrachtet sein Werk. Die Notizen, Fratzen, Neumayer am Galgen, der Stundenplan, die Bandlogos darauf, *SODOM*, sind hinter den dicken schwarzen Strichen verschwunden, das Papier ist ganz durchtränkt von dieser Flüssigkeit im Stift.

Auf dem Speicher hat sich eine wohlige Atmosphäre eingestellt, wie in einer mit Fell ausgelegten Kugel, in die man sich kuscheln kann, Jürgen ist happy. Wegen ein paar Enid-Blyton-Büchern hatte er mit zehn oder elf tatsächlich ein paar Monate lang den Wunsch, auf ein Internat zu gehen, eine alte Burg oder ein Schloss, so wie Ising einmal eines war, und dort zu einer Clique zu gehören, zwei Jungs, zwei Mädchen, ein Papagei. Im Sommer wären sie zusammen in den Urlaub gefahren, hätten Höhlen erforscht, wären Verbrechen auf die Spur gekommen, er hätte bei seinen Stiefeltern gewohnt, weil doch seine richtigen Eltern bei diesem schrecklichen Autounfall ums Leben gekommen waren, als er noch klein war. Es hätte zu Hause – das Ganze spielte in einem Fantasieland, einer Mischung aus altem England und modernen Deutschland – einen Dachboden gegeben, der ihnen als regelmäßiger Treffpunkt gedient hätte. Eigentlich ist in diesem Augenblick alles fast genau so wie in den Büchern – wie hatten die noch geheißen? Der Titel der Serie hatte das Wort *Geheimnis* enthalten.

Als Jürgen ins Internat nach Ising kam, lief er die ersten Wochen noch wie davor in Augsburg in diesem Gothic-Outfit rum und trug ab und zu Kajal, bis er mal zufällig hörte, wie ein paar Typen in der Pause ihn hinter seinem Rücken *das Mädchen* nannten. Von da an hatte er nur noch den 70er-

Jahre-Deutschland-Parka an, den er zu Hause auf dem Dachboden unter den alten Sachen seines Vaters gefunden hatte. Anfangs hing er mit Patrick und dessen Mauerblümchen-Mädchen-Truppe ab, weil er ihm als Zimmermitbewohner zugeteilt worden war. Jürgen hatte zuerst gedacht, Patrick sei supernett. *Wrong!* Wenn man mit Patrick über etwas reden wollte, war da nach ein paar Sätzen so eine Wand; was Patrick wirklich dachte, konnte Jürgen nie genau sagen. Aber eigentlich war ihm ohnehin schon bald klar gewesen, dass er eher zu Manfred, Gerhard und Simon und in die letzte Reihe als neben Patrick in die erste passte. Nur: Auch als er mit Manfred bereits CDs tauschte und in der Pause an der Stelle stand, zu der er früher nur vom anderen Ende der Aula herübergelugt hatte, bei Manfred und der Clique nämlich, hatte er noch immer nicht das Gefühl, dass die ihn wirklich ernst nahmen.

In der Elften änderte sich das dann schlagartig. Jürgen hatte irgendwann einmal, er weiß gar nicht mehr, ob das noch in Augsburg oder bereits in Traunstein war, einen Film über einen Clown gesehen, der nachts aus seinem Wohnwagen im Zirkus in die Stadt schlich und Kinder umbrachte. Seitdem hatte Jürgen mehrmals von dem Clown geträumt. Fasching kaufte er sich spontan, als er es in einem Schaufenster sah, für die Rosenmontagsfete im Internat ein Kostüm, das dem des Clowns aus dem Film ähnelte. Dann, einige Monate später, nach dem Abend, an dem er sich allein auf dem Zimmer zum ersten Mal die Kante gab und dabei das Gefühl hatte, nun den anderen etwas vorauszuhaben, trug Jürgen die überlangen Schuhe, die Riesenhose und die rote Wuschelperücke einen ganzen Tag lang – im Sommer war das gewesen, richtig, er hatte geschwitzt wie Sau – im Unterricht, antwortete auf die Fragen des Lehrers mit einer Fistelstimme und riss dabei die Augen auf, spitzte die Lippen. Es war eigentlich ganz einfach: Er musste sich nicht einmal großartig verstellen, es kam ihm vor, als habe er diese Rolle schon oft gespielt. Das Gelächter und Gejohle der anderen waren ihm in diesem Moment nur Ansporn. Nachdem er sich weigerte, wieder *der Jürgen* zu sein, so der Englischlehrer beschwörend zu ihm – „Jetzt sei wieder der Jürgen, Herrschaftszeiten!“ –, und einen Verweis kassierte – kein großes Drama zu Hause, seine Eltern glaubten ja, den wahren Grund für Jürgens anormales Verhalten zu kennen –, war er für die in der Clique plötzlich wer, das spürte er.

Seitdem trug er noch ab und zu das Kostüm, manchmal auch ein weißes Laken mit Augenschlitzen. Nicht mehr öffentlich, also in der Klasse, vor den anderen, sondern allein im Zimmer in Ising, bei abgeschlossener Tür, wenn er sicher sein konnte, dass keiner ihn störte. Er lag dann einfach so da, regungslos, in voller Montur auf seinem Bett und tat nichts, außer: das Kostüm an sich zu spüren. *Es machte ihn stark.* Später, direkt nach einer solchen „Stärkung“, im Aufenthaltsraum oder im Klassenzimmer, ohne Verkleidung, kam es ihm für kurze Zeit so vor, als habe er eine Rüstung oder eine schützende zweite Haut an, die kaum etwas an ihn heranließ, die Ermahnungen der Lehrer, die hämischen Blicke der anderen.

Mit den Metal-Shirts oder -Pullis verhält es sich jetzt ähnlich. Manchmal besitzt er zusammen mit Manfred und den anderen der Clique die Kraft, die Klugscheißer und Krätzen auf der anderen Seite des Pausenhofs „im Handstreich“, wie es in einem Text im Lesebuch stand, zu töten, auszulöschen. Für immer. Er bräuchte nur den Arm ausstrecken. Seine Opfer würden nach Luft ringen, sie würden sich an den Hals fassen und röchelnd auf die Knie sinken.

„Hey, die CD von dir, von diesem Carmina Burana, is' des 'ne deutsche Band? Hey, das erste Lied darauf, die Introduction, hey: Zucker!"
Manfred achtet erst gar nicht auf Marco und beginnt wieder mal einen seiner Monologe: „Russland greift Deutschland an, die DDR kämpft gegen die BRD, Deutsche gegen Deutsche, die Amis greifen nicht ein, weil sie Angst vor dem Atomkrieg haben, der vielbeschworene Dritte Weltkrieg findet also nicht statt, die Schüler in unserem Alter lernen in Ising nicht mehr Englisch, sondern Russisch und tragen blaue Hemden, zum Studium geht man nach Moskau, die Geschichtsbücher werden mit der Zeit umgeschrieben, die BRD wird im Nachhinein zum imperialistisch-kapitalistischen Teufelsstaat, dessen Bewohner sich schon immer nach der Befreiung durch die Volksarmee gesehnt hatten."
Simon hält dagegen: „Russlands Wirtschaft kollabiert, die BRD kauft Russland die DDR ab, die DDR existiert als zweiter deutscher Staat mit eigenem demokratisch gewähltem Kanzler neben der BRD, die DDR wird zur BRD 2, unsere Kindeskinder werden die Geschichten von der DDR für ein böses Märchen halten."
Jürgen denkt, dass er sich in zehn Jahren an die Diskussion hier erinnern wird, er weiß, er wird sich daran erinnern, plötzlich, ohne all die Jahre daran gedacht zu haben, eines Abends, beim Zähneputzen.

„HEY, KÄMMERER, jetzt reicht's aber mit der Show, gell?", sagt Manfred beim Frühstück im Speisesaal.
„Welche Show bitte?", fragt Jürgen verdutzt und hört auf zu kauen.

„Na, deine Abendvorstellungen. Zuerst laberst du wieder lauter Scheiß, und dann stolzierst du so rum. Hab' dich gerade noch mal ins Bett gebracht, sonst wärst du womöglich auf den Gang raus. Ich brauch' dir ja nicht zu sagen, was los ist, wenn das die anderen spitzkriegen. Also, aufhören mit dem Scheiß, klar Alter?"
„Scheiße, Alter. Was hab' ich denn gesagt?"
„Hey, komm mir jetzt nicht mit der Ich-bin-ahnungslos-Tour, O. K.? Mach's einfach nicht noch mal, O. K.?"
„Ich spiel' dir hier echt nichts vor. Ehrlich. Also was hab' ich gesagt, zum Geier?"
„O. K., Kämmerer. Irgendwas. O. K.? Irgend so ein Zeug, was keiner versteht. Mit so ‚Ö's und ‚Ä's."
„Und was heißt, dass ich *rumstolziert* bin. Wie bin ich *rumstolziert*?"
„Na, so tuntig halt. Wie 'ne Schwuchtel, Alter. So mit Hüftschwung und so."

AUCH WENN er keinen Beweis dafür hat, könnte Jürgen schwören, dass seine Mutter in seinem Zimmer war, um sauberzumachen. Er hat es zwar bereits selbst am Sonntag wegen des Interviews heute aufgeräumt; aber so wie er die Mutter kennt, wollte sie noch mal sichergehen, dass auch ja nirgendwo Staub liegt und alles schön ordentlich ist. Doch. Sie ist hier gewesen. Er kann es sehen. Als sie ihn um halb drei vom Internat abholte, versuchte sie ihn noch einmal dazu zu bewegen, ein weißes Hemd statt des *Iron-Maiden*-Pullovers anzuziehen – sie hatte ihm eines rausgelegt – oder sich wenigstens die Haare hinten zusammenzubinden. Aber wie immer hat er nicht einmal Einspruch eingelegt, sondern nur stumm aus dem Fenster geschaut und so getan, als hätte seine Mutter nichts gesagt.

Es ist Ulrikes 26. Geburtstag. Zu allem Überfluss. Nicht dass seine Eltern darüber offen reden würden. Es sind diese kleinen Gesten und wie nebenbei gemachten Bemerkungen, die Jürgen *killen.* Letzten Samstag zum Beispiel. Da saßen sie beim Abendessen. Schon eine ganze Weile war das Gespräch über einen Arbeitskollegen seines Vaters verstummt. Jürgen war in Gedanken völlig bei seinen schwachsinnigen Alpträumen oder besser: ihren Folgen gewesen, als sein Vater in das Besteckklappern hinein diesen Satz, nur diesen einen, sagte, als ob er laut denke und ihm schon die ganze Zeit ein Monolog durch den Kopf rausche. „Vielleicht wäre sie verheiratet."

Und noch vorhin, als er hastig, bevor Bischoff mit seinem Team eintraf, im Esszimmer den Käsekuchen in sich hineinschlang – seine Mutter erzählte derweil irgendetwas von Dachdeckern und Malermeistern –, fiel Jürgen plötzlich die brennende Kerze in der Mitte des Tischs auf. Es brannte sonst nie eine Kerze zu Hause, nicht einmal zu Weihnachten. Sein Vater hatte Angst davor, dass das mühsam ersparte Heim Feuer fing.

Aber heute hat Ulrike eben Geburtstag.

Er sitzt jetzt im Schneidersitz am Bettrand, der weiße Schirm, den der Assistent vor ihm aufgespannt hat, wirft einen hellen Fleck auf seinen Pulli, und Jürgen fragt sich, ob die Kamera schon läuft oder ob der Kameramann, der seit dem Beginn des Gesprächs durch die Linse guckt, nur auf ein Zeichen von Bischoff wartet. Denn bis jetzt unterhielten Bischoff und er sich lediglich über Belangloses, das Internat, welche Leistungskurse Jürgen habe, wie die Lehrer so seien, Jürgen gibt knappe Antworten; Bischoff formuliert die Fragen so, dass sie Jürgens Antworten schon vorwegnehmen, „Du hast Bio und Deutsch als Leistungskurse, nicht wahr?" – „Und wie sind die Lehrer so? Eure Biolehrer laufen wahrscheinlich auch wie bei uns damals in Gesundheitslatschen rum, oder?"

Dann fragt Bischoff in demselben Tonfall, wann Jürgen eigentlich zum ersten Mal von seiner Schwester und ihrem Verschwinden erfuhr, und Jürgen wird, während er fieberhaft überlegt, was er sich denn den Abend zuvor als Antwort zurechtgelegt hatte, falls so eine Frage kommen sollte, schlagartig klar, dass es das jetzt also ist: dass in diesem Augenblick die Kamera mitläuft und dass das hier der Film ist. Jürgen antwortet, dass die Eltern, schon seit er denken könne, von seiner Schwester und der Ulrike gesprochen haben, die aber, wenn er nach ihr fragte, nicht da war. So wie die Eltern das sagten, habe das nicht schlimm geklungen, so dass er sich damals vorstellte, irgendwann kehre seine Schwester wohl wieder zurück, sie sei eben nur in einem Ferienlager, etwas in der Art. Eines Tages komme die Mama zum Beispiel vom Einkaufen und bringe die Ulrike mit.

Jürgen lacht. Auch Bischoff schmunzelt, Jürgen hat es genau gesehen, dann schaut er wieder auf einen unsichtbaren Punkt an Bischoff vorbei in die Ferne.

Vielleicht habe er die ganze Situation erst durch die Fotos erfasst. Die Fotos von seiner Schwester, die im ganzen Haus herumstehen, seien immer die gleichen geblieben, während vom Rest der Familie neue dazugekommen seien. Auf den Fotos sei sie dann immer vier, fünf und sechs geblieben, irgendwann sei er älter als sie gewesen. Ja, eigentlich sei es irgendwie lustig: Obwohl sie ja schon so lange, ja, obwohl sie jetzt schon so lange tot sei und er inzwischen 18, sei sie noch immer die große Schwester für ihn.

Eine schöne Erzählung. Im Leistungskurs würde er satte 15 Punkte dafür bekommen. Seine Eltern werden ganz gerührt

sein, wenn sie in ein paar Monaten den Film im Fernsehen sehen. Nach solchen Sätzen schauen sie ihn immer mit feuchten Augen an und schließen ihn in die Arme.
„Ja – das mit deiner Schwester und dann der Umzug von Augsburg hierher und nun das Internat: Das sind ja doch ganz schöne Belastungen, oder? Ist das alles, also indirekt, der Grund dafür, dass du 'ne Ehrenrunde drehen musst, ich weiß nicht, wie siehst du das?“ Bischoff guckt interessiert, legt den Kopf zur Seite.
Jürgen erwidert, er sei einfach nur ziemlich faul gewesen letztes Jahr. Dass er früher, in der Grundschule in Augsburg-Hochzoll, oft durch den Siebentischwald hinter dem Haus, in dem sie wohnten, gelaufen ist und sich dabei vorgestellt hat, er flüchte vor einem Verfolger, und dann mit einem Knüppel Schösslinge zerdrosch, dass er einmal, vielleicht mit sechs, am Bach einen Frosch mit voller Wucht auf einen Stein geworfen und das Bild von dem zerplatzten Tier ab und zu noch immer vor Augen hat, dass er bis vor einiger Zeit, bevor er Manfred und die anderen kennenlernte, Tagebuch geführt hat und es ihm dabei so vorkommt, als würde er darin seiner Schwester erzählen, wie sehr er das Internat hasse und seine Eltern dafür, dass sie ihn hierhergeschickt haben, und dass seine Schwester in seiner Fantasie tatsächlich eine junge Frau ist, acht Jahre älter als er, blond, mit Pferdeschwanz, dass er sie vor einem Jahr genau so, blond, mit Pferdeschwanz, ungefähr so groß wie seine Mutter, in der Fußgängerzone in München gesehen zu haben glaubt und davor in Augsburg, auf Partys, immer dieselbe Frau, blond, mit Pferdeschwanz, die aber dann, als er sich ihr näherte, nicht die Ulrike gewesen ist, das sagt Jürgen nicht.
Durch die Pause nach der Frage Bischoffs, was Jürgen gegenüber *Herrn Hoffmann* empfinde, gesetzt den Fall, dieser habe

wirklich *die kleine Ulrike* umgebracht, hat der Satz, den Jürgen schon öfter gedacht hat, aber nie, auch wenn er allein war, sich auszusprechen getraut hätte, und jetzt laut sagt – „Ich wünsche ihm den Tod“ –, genauso pseudocool und lächerlich geklungen, wie Jürgen befürchtet hatte, das ist dieses Scheißdilemma: Sätze, die bei den anderen supercool rüberkommen, klingen bei ihm einfach nur endpeinlich, manchmal hat er das Gefühl, obwohl er älter als die anderen seiner Klasse ist, eigentlich zwei Jahrgangsstufen unter ihnen zu sein. Jürgen, das Depperle.
Er blickt von dem unsichtbaren Punkt in der Ferne auf Bischoff. Bischoff nickt ihm zu. Jürgen hatte erwartet, dass Bischoff vielleicht wieder schmunzelt und ihn ermahnt, er solle jetzt aber mal nicht übertreiben. Auch Jürgen hätte dann geschmunzelt und „O. K.“ gesagt. Offensichtlich hat Jürgen sich geirrt. Bischoff nimmt ihn ernst.

JÜRGEN HOLT das schwarze Tagebuch aus der Holzkiste im Isinger Zimmer, zum ersten Mal seit ein, zwei Jahren. Als er den Deckel der Kiste hebt, hineingreift und das Buch aufschlägt, ist es ihm so, als habe er genau dieselben Handgriffe auch gestern ungefähr um dieselbe Uhrzeit gemacht und dann den Eintrag geschrieben, den er jetzt vor sich hat, ein imaginäres Gespräch mit Ulrike. Er hatte sich über seinen Vater geärgert, im Tagebuch stehen hinter *U.:* Fragen, warum Jürgen sich eigentlich so aufregt, und Vorschläge, wie er den Konflikt lösen könnte; nach und nach werden die Antworten hinter *J.:* knapper, bis sie mit *O. K. Ich mach es so* enden. Ulrike ist die Stimme der Vernunft.
Jürgen schreibt an Ulrike:

Du bist Künstlerin in München. Du machst Installationen und bist sehr erfolgreich damit. Wir haben ausgemacht, dass ich Dich anrufen kann, wenn ich Lust dazu habe. Ich sage Dir, wie beschissen das Interview war. Wir lachen uns einen Ast über die Geschichte, die ich dem Fuzzi aufgetischt habe. Ich frage Dich, wie ich das mit der Billy anstellen soll. Du sagst, ich soll an der Theke warten, bis sie kommt, und sie dann ansprechen. Wir machen aus, dass ich Dir am Samstag, wenn Du zu Hause zum Mittagessen da bist, erzähle, wie alles gelaufen ist. Nach dem Telefonat nimmst Du in Deinem Zimmer in Deiner WG den Langenscheidt aus dem Regal und legst Dich aufs Bett. Du schlägst nach, was „Fensterbrett" auf Englisch heißt. Deine Schildkröte Terry kriecht Dir auf den Bauch und …

Jürgen hört Stimmen auf dem Flur. Schnell steckt er das Tagebuch in die Kiste, holt den *Langenscheidt* aus dem Regal und wirft sich aufs Bett. Manfred schlurft mit um die Hüfte gewickeltem Handtuch herein, sagt „Duschen is' so cool, Alter. Jeder Mensch sollte mindestens dreimal am Tag duschen. Mindestens." Jürgen tut so, als höre er Manfred nicht, tatsächlich möchte er unbedingt wissen, wie dieses Wort auf Englisch heißt, *Fensterbrett*; er schlägt es nach.

BEIM BASKETBALL, Donnerstagnachmittag, wirft Jürgen unauffällig einen Blick auf seine Armbanduhr und flüstert Simon auf der Bank neben sich zu: „Bin mal kacken." Jürgen schlüpft im Umkleideraum in die Hose, zieht den Deutschland-Parka über und läuft über den Innenhof zur Telefonzelle, dabei schaut er sich mehrmals um, ob ihn jemand aus seiner Klasse gesehen hat.
Während seine Mutter mit erstickter Stimme sagt: „Er ist

freigesprochen worden! Sie haben ihn freigesprochen", zieht er den Kuli an dem Metallkugelband zu sich und beginnt, Striche auf das Telefonbuch zu malen. Die Aussage von Hoffmanns Zellennachbar, Hoffmann habe noch ein weiteres Kind umgebracht, „die kleine Ulrike", sei vom Richter als nicht glaubwürdig eingestuft worden, so seine Mutter, die Aussage habe zu viele Widersprüche enthalten, vor allem – ihre Stimme bricht – sei ja noch immer keine einzige Spur von Ulrike in dem Waldstück im Siebentischwald gefunden worden, in dem Hoffmann sie angeblich, so der Zeuge, begraben habe: nichts, als die Polizei jetzt wieder den Siebentischwald Zentimeter um Zentimeter abgesucht habe, „Nichts! Nichts! Nichts!", schluchzt sie.

Wenn Jürgen in diesem Moment zu Hause wäre und seiner Mutter gegenüberstünde, würde er sie vielleicht hinten an den Haaren packen und mit dem Gesicht auf die Tischkante schlagen. Er versucht es sich vorzustellen, kann es aber nicht; wahrscheinlicher ist, dass er die Mama in den Arm nehmen würde, er ist froh, dass er jetzt in Ising ist, dass er das alles und vor allem die Nacht heute, wenn seine Mutter wieder im Schlafzimmer weinen und sein Dad im Wohnzimmer auf dem Sofa schlafen wird, dass er das nicht live miterleben muss.

Seine Mutter sagt, es gehe schon wieder, sie müsse das nur verdauen, das sei halt ein ziemlicher Schlag, weil sie alle diese Hoffnung hatten, dass jetzt endlich ... aber ... das seien halt jetzt die Fakten. Sie hole ihn dann Samstag um eins ab. Sie nennt ihn „Häsle", obwohl er ihr schon so oft ausdrücklich gesagt hat, dass er das nicht ausstehen könne, dass sie ihn nie wieder „Häsle" nennen solle. „Ja", verabschiedet sich Jürgen, er hat einen Kloß im Hals. Als er auflegt, starrt er auf die Striche, die seine Hand in den letzten Minuten gezeichnet hat.

Für Momente hat er das Bild eines Zimmers vor Augen, schräge Wände, eng. Dann sind es wieder nur Quadrate.
Auf dem Weg zurück zur Sporthalle spürt er plötzlich so eine Enttäuschung in sich und kickt einen Stein in Richtung Gebäude, viel zu fest, der Stein prallt laut gegen die Mauer, wäre da eine Glasscheibe, sie wäre zerbrochen.
Jürgen hatte die ganzen letzten Tage diese Szene aus dem Film vor Augen: Ulrike auf der Wiese, ihr angstverzerrtes Gesicht, so war es doch gewesen, so musste es doch gewesen sein, er war froh, diesen Film gesehen zu haben, zu wissen, wie es gewesen war. Jetzt aber geht das ganze Theater wieder von vorne los: Die Treffen mit dem Anwalt, die Aussichten auf ein Berufungsverfahren, das erneute Wälzen der Akten, noch einmal alle Aussagen durchgehen, ob da nicht etwas ist, was man übersehen hat; und dann womöglich – als Finale – eine Fahrt zum Siebentischwald, totaler Zusammenbruch seiner Mutter – und Vorhang, aus die Maus. Und Jürgen kann dabei sein oder nicht, für seine Eltern wird es keinen Unterschied machen. Sein Dad wird wieder eine Schachtel am Tag rauchen, und seine Mutter wird ihre Mittel nehmen und tagsüber wie ein Zombie herumlaufen.
Zurück in der Turnhalle, setzt sich Jürgen neben Simon. Ein paar Sekunden später ist das Spiel abgepfiffen worden. Simon springt auf und reißt die Arme hoch. Gewonnen. Jürgen ballt die Hand zur Becker-Faust, als ob er die ganze Zeit mitgefiebert hätte und gar nicht weg gewesen wäre.

MANFREDS NACKEN ist gerötet. Kann das wirklich sein, dass er Monate nach dem viel zu heißen und viel zu langen, aber dann plötzlich, von einen Tag auf den anderen in

Herbstregen übergegangenen „Jahrhundertsommer", wie alle ihn nannten, noch immer einen Sonnenbrand hat?

„Beweg dich mal", raunzt Jürgen Manfred an und schubst ihn.

Die Wiese ist vom letzten Schauer matschig; wenn ihre Stiefel in dem Erdgrasbrei einsinken, macht das ein schmatzendes Geräusch. Bald haben sie den Wald erreicht. Manfred sagt nichts mehr, kein Jammern mehr, keine Versuche, zu entkommen. Er scheint sich mit seinem Schicksal abgefunden zu haben. Kaum haben sie den Wald betreten, hat Jürgen vom Boden einen Stock, einen Prügel aufgehoben, der dort wie bestellt im Reisig lag. Manfred ist einfach weitergetrottet, von der Überlegenheit, die er sonst auf dem Pausenhof oder auch im Zimmer ausstrahlt, ist nichts zu spüren. Schon der erste Schlag auf seinen Sonnenbrandnacken hat ihn mit dem Gesicht voran niedergestreckt. Jürgen dreht ihn auf den Rücken, zertrümmert ihm die Nase, die Wangen, das Gesicht, bis es keines mehr ist, drückt den Stock nacheinander in beide Augen, die ihn mit einem Ausdruck des Erstaunens angesehen hatten.

„Das ist 'n guter Platz", sagt Manfred, wendet sich zu Jürgen und grinst.

Sie haben sich auf dem Schlossberg, unterhalb des Internats, zum Rauchen auf einer Lichtung im Wald niedergelassen, wo noch einige moosbewachsene Ruinen aus dem Gras schauen. Die Buchen rauschen dazu.

„Schon irre", sagt Manfred nach einer Pause. Der Rauch der Zigarette schmerzt in Jürgens Lunge, er hätte nicht inhalieren sollen. „Wenn du dir vorstellst, dass wir in einem halben Jahr nicht mehr hier sind, hey: Ich *kann* mir das gar nicht vorstellen."

„Ist das jetzt sicher, dass du nach dem Bund Informatik

machst?" Jürgen sieht vielleicht zwei Meter entfernt einen Stock zwischen den graubraunen Büscheln liegen. Was passiert eigentlich mit dem Rauch, den man inhaliert? Atmet man den nach und nach aus, oder bleibt der im Körper und löst sich dann irgendwann mal auf?
„Yep, Alter. München. Informatik. Das ist die Zukunft."

SIMULTAN ZUM GITARRENSOLO aus den Boxen bewegt Jürgen seine Hand mit dem imaginären Plektrum auf den imaginären Saiten auf und ab, die linke Hand greift am imaginären Hals die Riffs. Jetzt auf den Knien. Jetzt hinter dem Kopf. Er *bangt*. Er würde gern wissen, wie das bei ihm aussieht. Manfred spielt mit imaginären Sticks ein imaginäres Schlagzeug. Er ist der dicke Schlagzeuger mit dem Stirnband aus dem Video. Es gibt Situationen, da liegen Jürgen und Manfred in ihrem Zimmer in ihren zwar nur wenige Meter voneinander entfernten Betten, befinden sich aber in ihren Köpfen in vollkommen anderen Welten. Jürgen ist das neulich abends bewusst geworden; Manfred las Perry Rhodan, er King. Er war so vertieft in das Geschehen – ein Mann erwachte in einem Keller, ohne zu wissen, wie er dorthin gekommen war –, dass er, als er durch ein Krachen im Flur abgelenkt, vom Buch zur Tür schaute, für eine Sekunde nicht genau wusste, wo er war, in diesem Keller?, in Ising?, Manfred hatte einfach weitergelesen, mit gerunzelter Stirn, auf Jürgens Frage, „Was war das?", nicht reagiert. Jetzt aber, im Aufenthaltsraum, ist das anders. Die Musik ist noch geiler, weil sie sie sich zu zweit anhören, allein wäre Jürgen die Poserei nach ein paar Minuten peinlich. Er nimmt den imaginären Mikroständer, schraubt das imaginäre Mikro ab und hält es dicht vor den Mund. Er ist der dürre Sänger mit dem Backenbart.

SAMSTAGNACHMITTAG fühlt er sich an etwas erinnert. Diese Stille im Haus. Sonst ist doch immer zumindest das Radio seiner Mutter aus der Küche zu hören, ihre Klassik. Am Tisch beim Abendessen sagt keiner etwas. Später die verschwommenen Gestalten seiner Eltern hinter den gelben Butzenscheiben der Küchentür. Jürgen schiebt sich den letzten Bissen von seinem Teller in den Mund, er kann sie nicht genau verstehen, sie flüstern: All das hat er schon einmal gesehen – aber wo?

Erst später, in seinem Bett fällt ihm ein, dass der Dokumentarfilm von diesem Bischoff über den Alltag seiner Eltern, damals, nach dem ersten Prozess gegen Hoffmann, genau diese Szenen enthalten hatte, dieselbe angespannte Atmosphäre. Nur dass das alles ja noch im Haus in Augsburg-Hochzoll stattgefunden hatte und er selbst noch gar nicht auf der Welt war. Im Film wurde außerdem in einer Aufnahme ihre ehemalige Straße mit der hohen Hecke vor ihrem Haus gezeigt, die das Grundstück von außen vollkommen abschirmte. Hin und wieder waren langgezogene Rufe, ein mehrmals wiederholtes Krächzen, ein aufgeregtes Gackern zu hören, sie hatten in der Nähe des Zoos gewohnt. Er erinnert sich noch an einen Besuch, als er klein war. Stumm vor Staunen war er an der Hand seines Vaters an den Käfigen der riesigen knallbunten Tropenvögel, der Affen und Raubkatzen vorbeigegangen; sie also und nicht etwa irgendwelche unsichtbaren Ungeheuer in der Luft, wie er ursprünglich gedacht hatte, waren für die Laute verantwortlich, die bis zu seinem Zimmer her-

überklangen. Lange konnte er es nicht glauben, dass nur wenige Schritte von ihrem Haus entfernt, hinter einer Mauer mit Stacheldrahtzaun, eine fremde Welt begann, zu der er für ein paar Mark immer Zutritt hatte.
Er ist müde, doch es ist noch zu früh zum Schlafen. Er hat keine Lust, den Arm auszustrecken und das Licht einzuschalten oder zu duschen, seine Haare stinken so nach Rauch. Er denkt an den vergangenen Abend, an die Party. Immer wieder lässt er dieselben Bilder vor sich ablaufen. Er an der Bar. Billy tritt auf. Wunderbar nach Melone duftet sie. Er schaut sie an, versucht etwas zu sagen. Sie fragt ihn (linke Augenbraue hochgezogen): „Is' was?" Er sagt noch immer nichts, hat den Mund aber weit offen, glaubt er sich zu erinnern. Sie schüttelt den Kopf, lacht, bestellt eine Weinschorle. Oder: Er schaut in Billys Richtung, die jetzt am anderen Ende des Raums steht und sich mit Kerstin unterhält. Kerstin schaut in seine Richtung und flüstert Billy etwas ins Ohr. Billy verzieht das Gesicht. Noch einmal. Billy verzieht das Gesicht. Jedes Mal, wenn er die Bilder vor sich sieht, stellt sich, wie auf Knopfdruck, dasselbe ungute Gefühl bei ihm ein, das Gefühl, das er immer dann hat, wenn er versagt. 31536000. Bei einer geschätzten Lebenserwartung von etwa 80 Jahren hat er jetzt noch 31536000 Minuten übrig – der Taschenrechner auf seinem Nachttisch zeigt es an –, um Billy für sich zu gewinnen und auch sonst alles klarzumachen. Noch 60 Jahre, 21900 Tage, 525600 Stunden. Eigentlich gar nicht so viel, wenn man bedenkt, wie viel Zeit man mit Schlafen, Essen, Kacken und so weiter verplempern wird.
Er geht ins Wohnzimmer, der Fernseher läuft, aber keiner ist da. Jürgen wundert sich, hat er doch noch vorhin die Stimme seines Vaters gehört. Bis auf die Geräusche des Fernsehers ist es vollkommen still im Haus, vielleicht sind seine Eltern

überstürzt weggefahren. Nein. Sie hätten ihm etwas gesagt. Er setzt sich aufs Sofa.

Matlock wirft vom Mauervorsprung einen Blick nach unten auf die Straße, schiebt von außen das Fenster hoch und steigt ein. Das Zimmer ist dunkel. Er schleicht zum Schreibtisch, öffnet die Schubladen, er sucht etwas. Aus dem Gang kommen Stimmen. Matlock schließt eilig die Schubladen und hastet ans Fenster. Die Geigen werden lauter und gleich wieder leise. Das Licht geht an. Matlocks Schuhe schauen unter dem orangefarbenen Vorhang heraus. Zwei Männer in Anzügen unterhalten sich.

Der eine: „Und dann sagt Tom zu mir, er hat die Kohle nicht."

Der andere: „Ach, da ist es. In Ordnung, ich hab' sie. Lass uns abhauen."

Die beiden Männer sehen sich noch einmal um, löschen das Licht und verlassen das Zimmer. Matlock kommt vorsichtig hinter dem Vorhang hervor, schleicht zum Schreibtisch und öffnet wieder die Schubladen.

Der Fernseher hat einen Wackelkontakt und springt aufs erste Programm. In letzter Zeit kommt das öfter vor.

IN DEN WOCHEN vor der Ausstrahlung des Films schreibt Jürgen in Biologie, Englisch, Deutsch und Mathematik Klausuren; isst er mit der Clique bei Manfred zu Hause in Prien Pizza; hat es einmal drei Tage lang in Folge geschneit; hat Jürgen das Gefühl, seine Eltern seien in irgendeiner Weise doch erleichtert, dass Hoffmann kein Geständnis abgelegt hat und Ulrikes Überreste immer noch nicht aufgetaucht sind, so können sie weiter hoffen; ertönt eines Nachts im Internat der Feueralarm, ohne dass ein Feuer ausgebrochen ist, alle Schüler und Lehrer versammeln sich im Innenhof, nur ein paar Schritte von Jürgen entfernt, fröstelnd: Billy mit ihren Freundinnen, unter ihrem Benjamin-Blümchen-Schlafanzug zeichnen sich ihre Brustwarzen ab, Billy hat richtig fette Titten, aber statt wie sonst immer auf lasziv zu machen, sieht sie hier, auf dem nächtlichen Innenhof, so aus, als sei ihr das peinlich, so mit kaum was an; am nächsten Tag wird nach der- oder demjenigen gesucht, der den falschen Alarm ausgelöst hat, man wird nicht fündig; hat der Föhn innerhalb von wenigen Stunden den ganzen Schnee weggetaut; besucht Jürgen am zweiten Advent mit seinen Eltern seine Oma in Übersee, in ihrem Bungalow am Dorfrand, direkt am Fuß der Berge, sie kommen nicht oft, obwohl Übersee nur eine halbe Stunde von Traunstein entfernt ist, er mag die Oma, sie macht einen ziemlich zerbrechlichen Eindruck, trotzdem ist sie wie immer sehr forsch, Jürgen kann sie sich gut im BDM vorstellen, wo sie als Mädchen war, sie kritisiert seine Eltern, nie aber ihn, noch nie hat sie etwas über sein Metaller-Outfit gesagt, und doch hat Jürgen das Gefühl, dass sie ihn versteht, auch wenn er nicht weiß, woran er das festmachen kann, zur Begrüßung klopft sie ihm immer kumpelhaft auf die Schulter, die Oma ist ein Fernseher, es gibt drei Programme, wenn Jürgen allein da ist, hat er die Wahl: Drittes Reich, Nachkriegszeit, Alltag, er muss nur ein Stichwort liefern, dann beginnt die Oma schon zu erzählen, und er kann sich zurücklehnen, die Oma hat schon vor langer Zeit klargestellt, sie werde nicht mehr über Ulrike sprechen, *mich nimmt das zu sehr mit*, stattdessen reden sie beim Besuch darüber, dass der Vater im nächsten Jahr zum Studiendirektor befördert wird und die Oma Angst um die Rosen in ihrem Garten hat, wegen dem starken Frost in der Nacht, Jürgen weiß genau, dass die Eltern zurzeit ausschließlich mit Ulrikes Schicksal beschäftigt sind, auf dem Sekretär der Oma stehen Fotos von Jürgens Vater, von Jürgen, von ihrem Mann, der im Krieg gefallen ist, und, natürlich, ist ja klar, von Ulrike; ist er, als er bei den Unterstuflern Aufsicht im Hausaufgabenraum hat, doch tatsächlich wie in einem Pauker-Film am Pult eingeschlafen und vom Stuhl gekippt, alle haben gelacht; gab es zwischen Gerhard und Manfred einen heftigen Streit, Gerhard ist nicht mehr zum Treffen der Clique auf dem Speicher gekommen; hört Jürgen an einem Nachmittag, an dem nichts los war, auf seinem Walkman die neue *Metallica*-Single über zehnmal hintereinander, als er später im *Metal-Hammer* die Lyrics nachliest, stellt er fest, dass er bis dahin bis auf „deep down inside I feel to scream" und „nothing is real but pain now" immer einen falschen Text mitgesungen hat, der aber eigentlich für ihn gerade den ganzen Reiz des Lieds ausgemacht hat; hat Heimleiter Bogner eine Mahnung an Jürgens Eltern geschickt, Jürgen solle sein Auto nicht mehr im Innenhof des Internats abstellen, obwohl Jürgen gar kein eigenes Auto besitzt, das in Bogners Brief angegebene Kennzeichen stimmt auch nicht mit jenem des Opels von Jürgens Eltern überein; wird beim Skilager in Saalbach-Hinterglemm Billy mit Patrick im Bett erwischt und werden beide vorzeitig nach Hause geschickt, Jürgen wünscht sich, dass Billy vom Internat verwiesen wird und von Patrick schwanger ist; hat Jürgen öfter Kreislaufprobleme – wenn er die Augen schließt, sieht er so ein flirrendes Durcheinander aus schwarzweißen Punkten, die dann immer noch da sind, wenn er die Augen öffnet.

MUTABOR= ("Ich werde verwandelt werden")

ER STREICHT mit den Händen über ihren nackten Rücken. Am Sakralgelenk drückt er ihr leicht die Daumen ins Fleisch, beginnt auf der Stelle zu kreisen. Für einen Moment hält sie die Luft an. Den Zeige- und Mittelfinger legt er rechts und links in den Zwischenraum ihrer beiden untersten Rippen, presst, kurz und fest, arbeitet sich so, Rippe um Rippe, bis zu ihren Schulterblättern nach oben. Links spürt er ihn jetzt, ganz deutlich, den Knoten, verstärkt den Druck, der Knoten löst sich auf, ist verschwunden, Stöhnen.

„Zu fest?", fragt Jürgen. Vom Ausschnitt am Kopfende der Liege, in den die Patientin ihr Gesicht gesteckt hat, kommt leise ein „Nein".

Er nimmt das Lemon-Gras-Fläschchen von dem Wägelchen mit den Ölen und Salben und reibt ihr den Rücken ein. „Gleich bin ich wieder bei Ihnen", Jürgen hat den Namen der Patientin vergessen.

Im Kalender in der Anmeldung steht in der Spalte für *Kämmerer* neben *16:00 Uhr Gergjew*, neben *16:30 Uhr Huber*. Jürgen geht ans Ende des Flurs, in die Fünf, aus der Vier ist Poningers laute Bassstimme gekommen, „Wenn Sie sich bitte jetzt auf den Bauch legen ..."

„Jetzt bin ich bei Ihnen, Frau Huber, wo brennt's denn diesmal?", sagt Jürgen.

„Ich weiß auch nicht, wie das diesmal passiert ist, Herr Kämmerer", Frau Hubers Stimme aus dem Gesichtsausschnitt, eine Art altersschwache Sirene, hoch, tief und wieder hoch, dabei etwas zitternd. „Jetzt ist es doch so lange gutgegangen. Wissen Sie, ich steige nur auf den Stuhl, um etwas aus dem Regal in der Küche zu holen, gell, und plötzlich: ist der Schmerz im Becken wieder da. Wo wir doch letztes Mal gedacht haben, der ist jetzt weg."

Die meisten haben die Augen während der Behandlung geschlossen. Treffen sie Jürgen dann auf dem Flur, am Empfang, erkennen sie ihn nicht. Es gibt die, denen die Situation auf der Liege zu intim ist, die Verklemmten, die erröten oder nervös zu kichern beginnen, wenn man sagt, sie sollen den Plastikslip anziehen, der die Unterwäsche vor Ölflecken schützt, wenn man das Handtuch zurückschlägt und sie berührt; und es gibt die, die sich entspannen, die Mehrheit. Manchen gelingt es zu schlafen. Ihr seid gut, wenn man nicht merkt, dass ihr da seid, hatte sein Ausbilder in Traunstein immer gesagt. Die gesprächsbedürftige Frau Huber scheint da anderer Meinung zu sein.

Jürgen hat „Ja" gesagt und an die Termine morgen gedacht, wann es losgehe, um Punkt neun Herr König, um zehn hat er dieses Mädchen, Jessica?, Jasmin?, Krankengymnastik jedenfalls, er zieht das Rotlichtgerät zu sich, schaltet es ein und merkt, dass er eine Erektion bekommen hat. Für eine Sekunde erschrickt er, dann muss er über sich selbst lächeln, was für ein alter Sack er doch inzwischen ist, dass ihn so etwas erregt. Jasmin.

Das Gerät wirft einen flirrenden roten Strich auf Frau Hubers Steißbein.

ALS ER neben Jasmin auf der Liege sitzt – sie in ihrem *Puma*-Top, alle tragen sie jetzt *Puma*, wann hat das eigentlich angefangen? – und ihr die Dehnübung für ihren Rücken zeigt, fällt ihm ein, dass er ja gestern hier, in der Fünf, wegen ihr eine Erektion bekommen hatte; ein Gedanke überfällt ihn mit überraschender Heftigkeit und lässt ihn schwindeln: dass sie vielleicht hinter ihrer gerade schweißfeuchten Stirn, in ihrer Fantasie, vor dem Einschlafen, mit ihm Sex hatte, in

einer Situation wie dieser. Er hat einmal einen Science-Fiction-Film gesehen, in denen Robotern das Gesicht aufgeklappt werden konnte, wie eine Tür. Auf einem kleinen Monitor an der Stelle des Gehirns waren verschwommen Bilder zu sehen, die androiden Denkvorgänge; und tatsächlich ist sein Blick zu Jasmins rechter Wange geschweift, ob sich dort nicht eine Vorrichtung, eine winzige Klinke befindet.
Er sagt in seiner Therapeuten-Tonart (sanft), auf die er gar nicht mehr achten muss, sie stellt sich nach all den Jahren unwillkürlich ein: „Nach links, eins, zwei und Pause, nach rechts, eins, zwei und Pause."

CLARA DREHT SICH im Kreis, die Hände vor dem Gesicht. Dann streckt sie die Arme aus, macht mit geschlossenen Augen ein paar Schritte in die Richtung der anderen Kinder, die ihr lachend und kreischend ausweichen. Einen blonden Jungen, der nicht schnell genug war, erwischt sie am Rücken und ruft: „Tobi ist's!" Tobi stellt sich in die Mitte des Kreises, den die Kinder gebildet haben. Als er blind nach ihnen tastet und sie vor ihm davonlaufen, stößt Clara gegen Jürgens Bein, achtet aber gar nicht darauf, sie hat Jürgen nicht erkannt und ist nur gickernd, Tobi im Blick, weitergestolpert, als ob das Bein und Jürgen eben nicht da gewesen waren.
Auf dem Weg durch den Hinterhof zum Auto nimmt Jürgen Clara auf den Arm. Gestern hatte er hier ungefähr zur selben Zeit Dieter wegen des Volleyballturniers angerufen und davor zu Clara nur automatisch „Bleib bitte beim Papa" gesagt, ohne weiter darauf zu achten, ob sie auch wirklich bei ihm bleibt.
Nachdem er aufgelegt hatte, war sie verschwunden gewesen.

Mit einem Schlag hatte er Atemnot und diese Schweißausbrüche bekommen, so wie damals, als sie mit Clara in die Berge oder mit ihr Boot fuhren und er sie im nächsten Moment kopfüber in eine Schlucht oder ins Wasser fallen sah. In Panik hatte er zu laufen begonnen und laut „Clara! Clara!" gerufen. Sie hatte nur ein paar Meter weiter hinter einem Busch gestanden, vielleicht hatte sie mit ihm Verstecken spielen wollen. Laut schimpfend hatte er sie am Arm hinter sich hergezogen, die ganze Autofahrt nach Hause hatte sie geweint. Zu Hause dann Monikas Standpauke: „Schau dir das Kind an", „Warum übertreibst du immer", „Das Kind ist total verschreckt", „Das Kind hat Angst vor seinem eigenen Vater".
Das von gestern scheint Clara schon längst wieder vergessen zu haben. Aus dem Paket aus Jacke, Schal, Handschuhen und Stiefeln in Jürgens Arm kommt ihre Piepsstimme: „Wann ist denn Nikolaus?"
„Am Dienstag."
Nach einer Pause: „Wo wohnt der Nikolaus?"
„Na, im Himmel", antwortet Jürgen und schaut nach oben. In die sternklare Nacht sagt er: „Der wohnt im Himmel und beobachtet alle Kinder auf der Welt. Und ein Büro hat der, im Himmel, wo er Buch führt darüber, ob die Kinder brav waren oder böse. Und dann, einmal im Jahr, am sechsten Dezember fährt der – hui! – auf einem von Rentieren gezogenen Schlitten zur Erde und besucht da die Kinder. Und wenn die Kinder brav waren, dann bringt er ihnen Geschenke ..."
Jürgen ist eingefallen, dass er ja noch nachsehen muss, wo das Kostüm ist.
Clara überlegt. „Schaut mir der Nikolaus jetzt auch zu?"
„Ja", nickt Jürgen. „Jetzt auch."
„Ich meine, jetzt gerade, in diesem Moment?", fragt Clara noch einmal.

„Jaja. Das macht er“, murmelt Jürgen, während er vergeblich den Kleinen Wagen sucht, den er noch eben zu sehen meinte und an dessen Stelle sich nun etwas Unförmiges, Gezacktes am Himmel befindet.

LEISE KLAPPT ER „Oh, wie schön ist Panama“ zu. Vier Seiten zuvor hatte Clara noch geblinzelt, jetzt ist ihr Kopf zur Seite genickt, ihr Atem geht gleichmäßig. Wenn er richtig zählt, hat er Clara die Geschichte schon insgesamt viermal vorzulesen versucht, ist dabei aber noch nie bis zum Ende gekommen. Entweder war sie davor eingeschlafen, oder er musste noch einmal von vorne anfangen, weil sie vergessen hatte, wie die Geschichte begann. Auch wenn er sich nicht mehr an das Ende erinnern kann, ist er sich sicher, dass er das Buch schon einmal selbst gelesen hat, als er es zusammen mit Monika für Clara kaufte – prophylaktisch, denn Clara war damals erst ein Jahr alt gewesen. Anfangs hatten sie ja diesen Tick, ihr alles Nötige so früh wie möglich zu besorgen. Im Kinderzimmerschrank hatten sie nicht nur Babysachen, sondern auch Kleidung, Spielzeug und Bücher für die ersten drei, vier Jahre gehortet, da war Clara noch nicht einmal auf der Welt; beim zweiten Kind nächstes Jahr werden sie alles anders machen, es wird in den ersten Jahren Claras Sachen bekommen, so wie er damals die Sachen von Ulrike.
Er bleibt für einen Moment im Flur stehen: Plötzlich ist ihm wieder seine Schwester in den Sinn gekommen, wo er doch schon so lange nicht mehr an sie denken musste.
Monika war mit dem Abwasch fertig und hat auf dem Esstisch die Grundrisse der Wohnungen und Reihenhäuser ausgebreitet, die sie in den letzten Wochen besichtigt hatten.

Nächstes Jahr kommt das zweite Kind, das heißt, sie müssen sich wohl oder übel vergrößern, umziehen. Jürgen will lieber in ein Reihenhaus am Stadtrand, Pasing, vielleicht Laim, auch weil das sicherer ist für Clara. Sie geht dann in die erste Klasse. Immer wenn er daran denkt, ist es für Jürgen unbegreiflich, wie fünf Jahre so schnell vergehen konnten und dass Clara schon ein Schulkind sein soll. Früher, in Ising oder während des Studiums dauerte es nicht Stunden, bis es Abend wurde, sondern eine Ewigkeit; jetzt geschieht es manchmal, dass er vor dem Einschlafen neben Monika im Bett das Gefühl nicht loswird, dass er doch eben erst, vor ein paar Minuten, noch hier lag und der Wecker ging.

Monika will in ein Apartment in der City, weil man sich dann das Hin und Her spart. Eine Hypothek müssen sie auf jeden Fall aufnehmen, das lässt Jürgen immer noch davor zurückschrecken, wirklich den letzten Schritt zu tun und die Suche nach einem geeigneten Objekt voranzutreiben. Auf Jahre, ja, Jahrzehnte hinaus würde Monika und ihn dieser Schatten begleiten: dass nichts passieren dürfe, keine Kündigung, kein Einkommensausfall, aus welchem Grund auch immer. Und auch keine Möglichkeit auszubrechen. Selbst wenn Monika sich dessen gar nicht richtig bewusst zu sein scheint – ihm bereitet der Gedanke daran Unwohlsein.

Er fährt mit den Fingern die Linien des größten Zimmers auf dem Grundriss des Reihenhauses entlang. „Wissen, wo wir das Essen machen dann, ich meine, wo wir das haben … Oh Mann!"

Monika runzelt die Stirn.

In letzter Zeit fällt es ihm abends schwer, Sätze korrekt zu formulieren; am Ende kommt dann aus seinem Mund nur Blödsinn, manchmal sogar ein unartikulierter Laut, „Bla" oder „Muäh".

„Das ist das Esszimmer", sagt er hastig, „hier steht der Tisch", er klopft auf den Tisch, „hier der Schrank. Und da ist das Zimmer vom Kleinen." Er legt den Finger auf ein Zimmer im ersten Stock. „Da steht sein Gitterbett. Und das Fenster geht nach Osten. In der Früh fällt da die Sonne rein."
Monika grinst und schaut ins Leere. Vielleicht sieht sie das Zimmer vor sich, so wie er, für eine Sekunde, die Wiege, die zugezogenen Vorhänge, durch die das Morgenlicht gedämpft wird. Es ist merkwürdig. Er hat dieses Zimmer schon einmal gesehen, es ist sein altes Kinderzimmer, das aus diesem Dokumentarfilm, und tatsächlich hatte das Reihenhaus, das sie neulich besichtigten, gewisse Ähnlichkeiten mit dem damaligen Haus in Augsburg.
„Ja, ja, du Schlauberger, guter Versuch", sagt Monika. „Und jetzt zeig' ich dir mal, wie toll das Apartment ist." Sie deutet auf den Grundriss. *„Hier* steht der Tisch", lacht und klopft auf den Tisch, *„hier* der Schrank", sie spricht wie Jürgen.
Er hätte Monika schon längst fragen sollen, ob alles O.K. ist, spätestens als sie in der Küche allein waren. Vor Clara reden sie nie über sich und ihren Tag, höchstens dass sie mit Gesten etwas andeuten oder sich über Claras Kopf hinweg etwas zuflüstern. Aber Jürgen ist heute so fertig von der Arbeit, er hat einfach nicht die Kraft, zu fragen und sich dann anzuhören, was er sowieso weiß, schon bevor Monika überhaupt den Mund aufmacht: Es war wieder einmal Hochbetrieb in der Bank. Vor der Information standen sie bis auf die Straße. Wiedemann hat all seine Termine auf sie abgewälzt. Sie weiß eigentlich gar nicht, was der den ganzen Tag in seinem Kabuff macht. Er sitzt hinter der Glaswand und schaut auf seinen Computer. Regungslos. Das ist alles. Das Maul aufkriegen kann der auch nicht. Er befindet sich zwar de facto zwei Meter von ihr entfernt, aber wenn er eine Frage hat, schreibt

er ihr lieber eine Mail, als dass er zu ihr kommt. Ihre Antworten liest er dann, ohne zu ihr herüberzuschauen. Heute war so eine alte Frau da. Eine Oma. Die wollte ihr ganzes Erspartes anlegen, und Monika konnte es ihr auch noch so oft erklären, aber die Oma hat nicht verstanden, dass sich Fonds eben erst ab so und so vielen Jahren lohnen. Und dann war da noch so einer. Ein Klugscheißer. Der wollte Monika erklären, welche Aktien in den nächsten Monaten abgehen und welche nicht – nämlich die, die sie ihm vorgeschlagen hatte.

Jürgen überlegt sich, was er sagt, wenn Monika ihn fragen wird, wie sein Tag war. Er würde ihr sicher nichts von Jasmin erzählen. Ob Monika ihm etwas anmerkt? Monika behauptet zwar, dass sie kein Problem mit seinem Job hat; aber er weiß, dass sie insgeheim eifersüchtig ist. Obwohl es überhaupt keinen Grund dafür gibt. Bitte wer reibt schon freiwillig den ganzen Tag alte Weiblein mit Öl ein, und das in gebückter Haltung, Stichwort: Bandscheiben? Und fette unmotivierte Teenager, die nur wegen Mutti herkommen, sind auch kein Spaß. Die Sache vor ein paar Tagen, als er Frau Huber massierte, an Jasmin dachte und die Erektion bekam, war ja im Prinzip nichts. Erst wenn er jetzt mit Monika darüber sprechen würde, würde plötzlich ein Problem daraus werden. Sie hätten es herbeigeredet.

Wegen Jasmin hat er in den letzten Stunden verstärkt daran denken müssen, wie sein Leben aussähe, hätte er, wie ja damals, zumindest ein paar Wochen lang, ernsthaft geplant, Andrea geheiratet. Er wäre mit ihr nach Bremen gezogen, er würde möglicherweise an einer Schule als Aushilfslehrer für Sport arbeiten, sein bester Freund würde nicht Dieter, sondern vielleicht Gunnar heißen, die Tochter aber, die er mit Andrea gehabt hätte, sehr wahrscheinlich auch Clara: Auf diesen Namen hatten sie sich damals ja schon geeinigt. Und

er hat daran denken müssen, wie es wäre, wenn Monikas und sein Leben so verlaufen wäre, wie sie sich das ursprünglich vorgestellt hatten. Er: schnelle Karriere an der Reha und nicht noch immer nur kleiner Angestellter, sie dafür etwas weniger eingespannt, so dass sie genügend Zeit hätte, Clara zumindest ab und zu zum Kindergarten zu bringen und abzuholen, damit er das nicht machen muss, jeden Tag.
Vorhin, beim Händewaschen und später im Auto, war er derart in die Vorstellung dieser alternativen Leben versunken, dass er für Sekunden das Gefühl hatte, er sei tatsächlich derjenige, der er wäre, lebte er mit Andrea zusammen oder hätte er bereits Karriere gemacht. Er wäre nicht überrascht gewesen, wenn plötzlich Andrea neben ihm gestanden und „Hallo, Schatz“ gesagt hätte – oder Clara, mit Andreas Stupsnase und ihren strahlend blauen Augen.
Monika hat etwas gesagt. Er fragt: „Was hast du gerade gesagt?“

IM HELLEN RECHTECK der Tür steht jemand. Jürgen richtet sich mit einem Ruck im Bett auf.
„Ich hab' so Angst. Hab' Alpträume. Der Drache ist wieder da. Darf ich zu euch?“, fragt Clara, löscht das Licht und klettert zwischen Jürgen und Monika.
„Na, komm. Alpträume? Wo gibt's denn so was?“, hört sich Jürgen murmeln. Er legt den Arm um Clara, will sie streicheln und fühlt etwas Weiches, Behaartes, hebt noch einmal den Kopf: Er hält Claras Stofftier in der Hand, in das sie ihr Gesicht gedrückt hat.

„HAST DU denn gestern dann noch Alpträume gehabt, nachdem du zu uns ins Bett gekommen bist?", fragt Jürgen Clara beim Abendessen.
„Wie? Die Kleine ist gestern zu uns gekommen? Ach, Clara-Schatz, du hast schon wieder böse Träume gehabt?", sagt Monika.
Clara verschränkt die Arme und zieht eine Schnute. „Nein."
„Keine Alpträume gehabt?", fragt Jürgen und lächelt Monika zu.
„Nein. Bin doch gar nicht bei euch im Bett gewesen. Bin doch bei mir gewesen."
„Bei dir?", fragt Jürgen. Er ist plötzlich verunsichert. Warum sollte sie wegen gestern schwindeln?
„Hab doch gar keine bösen Träume gehabt", sagt Clara.
„Ja, deswegen frage ich", sagt Monika zu Jürgen. „Also, als ich aufgestanden bin, da war die Kleine jedenfalls nicht in unserem Bett. Das hätte ich doch gemerkt, wenn die Kleine gestern Nacht zu uns gekommen wäre."

„HOHOHOHO, kleine Clara", macht Jürgen. Von den Kacheln im Bad hallt seine Stimme. Der lange Rauschebart verdeckt seinen Gesichtsausdruck. Er lächelt. Man sieht es nicht. Während er die weißen Locken seiner Perücke zurückstreicht und die rote Mitra, den Mantel über seinen Schultern zurechtrückt, an den Handschuhen zupft, erinnert er sich daran, wie er früher mal, als Clown verkleidet, ja, sogar als Gespenst, richtig, wie er früher mal allein, kostümiert, in seinem Bett in Ising lag. So weit weg erscheint ihm das, als handle es sich dabei um das Leben, die Jugend eines anderen, über den er einmal einen Spielfilm gesehen hat. Er hatte da-

mals diese schrecklichen Alpträume, so wie jetzt Clara, er sprach im Schlaf, schlafwandelte, richtig: Alpträume. Aber warum? Worum drehten die sich?
Er braucht noch ein Buch – am besten eines mit einem silbernen Einband –, in das er einen Zettel einlegt mit Claras guten Taten, „Ich habe gehört, dass ...", „Deine Mutti hat mir erzählt, du machst ..."
Jürgen wirft seinem Spiegelbild einen strengen Blick zu. Aber hinter dem Bart sieht man das nicht.

14 UHR 42. Das Handy-Display zeigt, dass der Anruf um 14 Uhr 42 kam. Was hätte er gesagt, wenn er abgehoben hätte? Er hört die Nachricht noch einmal ab. Wie oft hat er sie jetzt schon abgehört, dreimal, viermal? Inzwischen kann er sie fast auswendig.
Der Anrufer stellt sich als Dag Hofer vor. Jürgen geht schneller, weil er die Nachricht wegen des Lärms vor dem Geschäft, vor dem er stehen geblieben war, nur schwer versteht. Hofer sagt, er arbeite für eine Firma namens *SVP*, *Super View Productions*. Jürgens Handynummer habe er von dessen Vater. Hofer müsse unbedingt etwas mit Jürgen besprechen. Es gebe da neue Entwicklungen im Fall seiner Schwester. Ulrike Kämmerer. Jetzt kommt gleich das Störgeräusch. „Wie es scheint ...", das Störgeräusch unterbricht die Übertragung – für ein, zwei Sekunden ist Hofers Bassstimme davon überdeckt gewesen, dann ist sie wieder da, klar und deutlich wie zuvor –, „... gerne treffen." Hofer hinterlässt gleich zweimal, im Mitschreibe-Tempo, seine Handynummer und verabschiedet sich, „Auf ein Wiedersehen".
Um was für *neue Entwicklungen* kann es sich im *Fall Ulrike*

schon handeln? Und vor allem: Wie um alles in der Welt kommt sein Vater dazu, wildfremden Menschen die Telefonnummer seines Sohnes zu geben?
Jürgen steckt das Handy in seine Manteltasche und greift nach Claras Hand, Clara befindet sich nicht mehr neben ihm. Er schaut sich um, sein Herz beginnt zu rasen, da sieht er ihre grüne Kapuze, hinten auf dem Gehsteig. Clara steht vor einem Nikolaus, der einen Leierkasten dreht und dazu singt.

MONIKA STARRT auf einen unsichtbaren Punkt neben Jürgen. Er hat ihr sein Handy ans Ohr gehalten, damit sie ihm sagt, was sie über die Nachricht denkt; ob er zurückrufen soll. Leise kann er Hofers Bassstimme hören.
Monika stellt dann ziemlich genau die Reihe von Fragen, die sich Jürgen ohnehin schon selbst gestellt hatte. Aber dadurch, dass er sie von ihr hört, wühlen sie Jürgen nicht mehr so auf wie noch vor ein paar Stunden, als er sie immer und immer wieder in seinem Kopf durchgegangen war. Monika ist die Stimme der Vernunft.
„Was denkst du, was sind das für neue Entwicklungen? Was meint der damit?"
„Keine Ahnung. Vielleicht hat man was gefunden. So Überreste. Vielleicht gibt es einen neuen Hinweis darauf, wer es war. Keine Ahnung."
„Und wie fühlst du dich dabei?"
„Nervös. Aber weder positiv noch negativ. Ich muss jetzt einfach erst mal wissen, was dieser Hofer zu sagen hat."
„Hältst du Hofer für glaubwürdig?"
„Wird sich herausstellen. Wenn mein Vater, und wir reden hier über meinen Vater, wenn der diesem Hofer meine Handy-

nummer gibt, dann muss der auf ihn einen seriösen Eindruck gemacht haben. So viel ist sicher. Ich meine, wir reden hier über meinen Vater."

„Warum rufst du ihn nicht einfach an?"

Jürgen fragt: „Den?"

Monika fragt: „Denkst du oft an deine Schwester?"

Jürgen sagt: „Ich denke oft an Piroschka."

Er ist wieder entspannt. Ohne dass sie es ausgesprochen hätten, ist die Antwort auf die alles entscheidende Frage – soll er Hofer zurückrufen? – klar gewesen. Obwohl sie einen langen Tag hinter sich hat, hat Monika schon die ganze Zeit über so einen verliebten Blick, ja, es ist dieses Glitzern in ihren Augen, so wie früher ... als sie sich kennenlernten ...

Als sie damals zu ihm in die Krankengymnastik kam, war sie nur mehr in der Lage gewesen zu röcheln, sie hatte sich kaum richtig artikulieren oder bewegen können. Kein Arzt konnte ihr sagen, was ihr fehlte. Verdacht auf Pleuritis, hieß es. Irgendetwas an ihr hatte ihn damals geradezu magisch angezogen, zunächst ihre äußere Erscheinung. Er hatte gerade die Beziehung mit Andrea hinter sich, man hatte sich in beiderseitigem Einvernehmen getrennt. Er war blödsinnigerweise ganz stolz auf sich gewesen, dass die Trennung ohne größere dramatische Szenen verlief. Zu lange zusammen gewesen und dann nicht den Absprung gefunden, lautete die Diagnose. Wenn er in dieser Zeit traurig war, dann darüber, dass er sich derart hatte verrennen können. Andrea selbst – das war der eigentliche Schock – war ihm ab dem Moment, in dem sie aus der Wohnung ausgezogen war, vollkommen gleichgültig. Umso erstaunter war er, als er zum ersten Mal Monika sah und sie ihn von ihrer Statur her, mit ihrer hohen Stirn, den blauen Augen an Andrea erinnerte. Aus der Entfernung konnte sie als ihre Zwillingsschwester durchgehen.

Jürgen hatte damals das Gefühl, Monika wollte ihre Beschwerden gar nicht loswerden. Hustend, stocksteif, die Arme schützend vor der Brust, lag sie auf der Liege. Sonst auf ein Minimum des üblichen Physiotherapeut-Patient-Gesprächs reduziert, hatten die Behandlungen plötzlich einen anderen Charakter angenommen, als ihm eines Tages beim Verabschieden herausrutschte: „Ich kenne das", sie: Was?, er: Was sie gerade durchmache, sie: Wie er das meine?, er: Ihn hätte da auch mal etwas ziemlich heruntergezogen. Und ohne dass er es geplant hätte, begann er zu erzählen – von seiner toten Schwester, wie er als Kind damit nicht klargekommen war, mit dem ganzen Rummel um sie, wie er selbst einmal flachgelegen habe, jaja, er kenne das, nicht mehr rühren können habe er sich, Fatigue-Syndrom habe der Arzt das damals genannt, seine Leidenszeit in Ising –, den Termin mit dem darauffolgenden Patienten hatte er darüber ganz vergessen. Bei Monikas nächster Behandlung hatte sie sich gar nicht erst ausgezogen, sondern es sich gleich in Jeans und Pulli im Schneidersitz auf der Liege bequem gemacht. Zuerst nur zaghaft, von Hustenanfällen unterbrochen, endlich immer ausführlicher, frei drauflosquasselnd, in der Chronologie der Ereignisse vor- und zurückspringend, rückte sie dann in den folgenden Wochen mit der Sprache heraus, mit ihrer Geschichte: Scheidung der Eltern („Mein Paps war Bankier. Mama Schirmherrin von wasweißich. Nie da. Wir hatten 'nen Chauffeur. Charles."), Umzüge („Von Blankenese nach Paderborn. Von Paderborn nach Hanau. Von Hanau nach Bockenheim."), mit 18 abgehauen („Kein Bock auf Bockenheim."), von da an kein Kontakt mehr mit Vater oder Mutter, eine Zeitlang mit anderen Jugendlichen in Köln auf der Straße gelebt („Es gibt mehr Straßenkinder aus gutem Hause, als man denkt, weißt du?"), dann dank eines Sozialprogramms den Absprung geschafft, ihren geliebten Hund Strolchi ließ sie zurück (Mit Tränen in den Augen: „Ob der noch lebt?“), Studium, am Ende sogar BWL, und nun, während und nach Monikas eben beendeter Beziehung: dieselbe Angst aus ihrer Jugend und der Straßenkinderzeit auf der Domplatte: allein dazustehen, keine Perspektive, Beklemmungsgefühl, nach jedem Zoff mit ihrem Ex.

Das, was sie ihm da so nach und nach mit einer für ihren Zustand doch erstaunlich festen Stimme beschrieb, war Jürgen seltsam bekannt vorgekommen. Ja, im Prinzip erzählte sie ihm – mit ähnlichen Worten, wie er sie verwendet hätte –, was *er* gefühlt und gedacht hatte, als Kind und ab und zu auch als Erwachsener, wenn er wieder Alpträume hatte, durch etwas an seine Schwester erinnert wurde oder in der besonders schwierigen Phase vor acht Jahren, als seine Mutter starb.

Diese neue Art von Terminen hatte geholfen. Bald trug Monika ein vollkommen anderes, entspannteres Gesicht, wenn sie den Behandlungsraum betrat. Die Vergangenheit, das war zu sehen, fiel wie eine Maske – tatsächlich hatten ihre starren Züge Jürgen am Anfang an eine solche erinnert –, mit jeder gemeinsam verbrachten Stunde, von ihr ab. Eines Morgens war da dieses Glitzern in ihren Augen gewesen, als sei sie nun innerlich gereinigt und könne ungehindert strahlen, wie er in einem Moment dachte, als er neben ihr stand und sie schweigend aus dem Fenster blickte. Einmal hatten sie Sex auf der Liege. Sie hatte so getan, als sei sie eine neue Patientin, ließ das Handtuch, wie zufällig, von ihrem Körper rutschen. Schließlich hatten sie die Therapie in Jürgens, dann in eine gemeinsame Wohnung verlegt.

In jenen Monaten war es Jürgen so, als erlebe er gerade genau das, was er immer schon als Jugendlicher in Tagträumen vor sich gesehen hatte. Ganz anders als Andrea, hatte Monika

ähnliche Vorstellungen vom Leben und Interessen wie er; oft sagte sie über einen Film oder eine Wanderroute das, was eigentlich er selbst im gleichen Moment sagen wollte. Wie er hatte auch sie ihren letzten Urlaub in Ägypten verbracht. Und als sie nachrechneten, kamen sie darauf, dass sie tatsächlich in derselben Woche, vielleicht sogar am selben Tag einen Ausflug zur Cheops-Pyramide unternommen hatten.
Doch dann, ohne Vorankündigung, verschwand Monika. Lediglich eine kurze handgeschriebene Notiz hinterließ sie ihm: *Bin bald wieder zurück. Muss was Wichtiges erledigen. Bitte keine Sorgen machen, Kuss.* Damals war Jürgen zum ersten Mal der Gedanke gekommen, dass er vielleicht bisher, wenn sie sprach, nur das gehört hatte, was er hatte hören wollen, und nur das in ihr gesehen hatte, was er hatte sehen wollen. Diese Zufälle, diese Geistesverwandtschaft, die geradezu unwiderstehliche Anziehung, die Monika vom ersten Tag an auf ihn ausübte, eben weil etwas Rätselhaftes, nicht zu Deutendes an ihr haftete, in ihren Blicken, ihren Bewegungen: alles wie in einem Film, einer Vorabendserie vielleicht, die er ohne weiteres gerne beim Zeitunglesen oder Abendessen angeschaut und bei der er sich schon auf die neueste Folge am nächsten Tag gefreut hätte. Doch nun, da er das Fernsehprogramm wechseln wollte, um sich etwas weniger Aufregendes anzusehen, war es unmöglich, ging es hier doch nicht um das Leben anderer, sondern um sein eigenes. Er saß in der Falle.
Eine knappe Woche später, genauso plötzlich, wie sie verschwunden war, stand Monika, als er von der Arbeit nach Hause kam, in der Küche. Es hatte eine Weile gedauert, bis er ihr wieder vertraute und nicht mehr den Drang verspürte, sie zu fragen, was es denn um Gottes willen war, das sie so unvermittelt zu erledigen gehabt hatte. Das neue Leben aber, dem, wie Monika gesagt hatte, nun nichts mehr im Wege stehe,

weil sie mit der Vergangenheit endgültig abgeschlossen habe, hatte bald nach Monikas Rückkehr tatsächlich begonnen: neue Wohnung im Glockenbachviertel (Monika: „Unser Reich!"), ein kleines Auto, geregelter Tagesablauf, Urlaube zu zweit (Korsika, Monikas versonnenes Lächeln beim Strandspaziergang, Monika, wie sie bei der Abreise weint: „Ich bin so glücklich", Moskau, Monika mit Kosakenmütze, wie sie sich verlaufen, weil sie die Straßenschilder nicht lesen können, in abseitige Stadtteile mit wunderbaren kleinen Geschäften und Teestuben kommen, händchenhaltend, staunend). Und je länger es dauerte, desto weniger wollte Jürgen es, durch ein klärendes Gespräch etwa, gefährden. Was gewesen war, war gewesen. Was jetzt war, war jetzt.

Als Monika diesen Brokerage-Job in der Bank übernahm, änderte sich dann erneut alles, und Jürgen wunderte sich, wie viele verschiedene Gesichter Monika eigentlich hinter jenem bei ihrem ersten Treffen besaß, dem Gesicht, in das er sich verliebt hatte. Denn bereits innerhalb kürzester Zeit, nach ein, zwei Wochen erkannte er sie nicht mehr wieder. Einmal im Monat musste sie nach Frankfurt und blieb oft bis in die Morgenstunden im Büro, „die Märkte beobachten", wie sie sagte. Wenn Jürgen dann nachmittags nach Hause kam, war die Wohnung verdunkelt - das also war „ihr Reich"? Die Nacht am Tag. Monika schlief. Die Stunden, die sie sich sahen, wirkte sie auf ihn mit ihren glasigen Augen wie ein Gespenst. Die Filme, die sie sich zusammen anschauten und bei denen er früher hätte schwören können, dass sie Monika gefallen würden, fand sie „öde", die Bergtouren, die sie bisher ohne weiteres bewältigt hatte, „zu anstrengend".

Clara war immer geplant gewesen. Schon vor ihrer Hochzeit hatten Monika und Jürgen darüber gescherzt, dass ihr erstes Kind ein Mädchen sein und Clara heißen würde, und wussten doch beide zugleich, dass das für sie in Wirklichkeit eine fest ausgemachte Sache war (zumindest Jürgen wusste es). Seit ihrem neuen Job hatte Monika nicht mehr von Clara gesprochen, nur mehr hin und wieder von „dem Kind“, das sie haben würde – in drei, vier Jahren. Jürgen war klar, dass „ihr Reich“ und damit ihre Beziehung nur eine Chance auf Fortbestand hätte, wenn Clara nicht erst in zwei, drei Jahren käme, sondern sofort.

Er weiß bis heute nicht, ob Monika tatsächlich, wie sie sagte, vergessen hatte, die Pille zu nehmen. Auch konnte er nicht mehr rekonstruieren, welches Mal am Ende das eine entscheidende Mal gewesen war. Er hatte einmal gehört, dass die Gefühle der Eltern im Moment der Zeugung bestimmend für den Verlauf des Lebens ihres Kindes sein können. Was sie freilich und vor allem wann tatsächlich empfunden hatten, das würde er nie erfahren. Monika bekam Clara. Danach war sie wieder die Alte. Sie hatte ihren alten Job in der Bank angenommen, und meistens ist sie die Mutter, mit deren Gesicht – liebevoll, fürsorglich – er sie damals, als sie über Clara halb im Spaß, halb im Ernst sprachen, plötzlich zu sehen meinte; und manchmal ist ja auch er der Vater, der zu sein er sich nach jeder Nachlässigkeit immer wieder aufs Neue vornimmt. Er muss nur mit diesem Zukunfts-Ding aufhören, damit, sich vorzustellen, was einmal sein könnte oder hätte gewesen sein können, während er in der Gegenwart gar nicht wirklich da ist und es deshalb verpasst, wichtige Entscheidungen für später zu treffen. Endlich im Hier und Jetzt leben. Das wäre ein Anfang.

Einmal, eines der wenigen Male, hatte er sein Leben tatsächlich in die Hand genommen und war nach dem verpatzten Studium – zunächst Lehramt Gymnasium Englisch, Sport, weil sein Vater das wollte, dann BWL, weil mit dieser Kombination die Chancen angeblich am besten seien, beides hatte er nach wenigen Semestern abgebrochen – nur mit einem Bundeswehrrucksack und einem Hin- und Rückflug-Ticket nach Indien geflogen; wie ein Soldat auf Auslandseinsatz fühlte er sich dabei. Und das gefiel ihm. Eigentlich hatte es keinen bestimmten Grund dafür gegeben, dass seine Wahl ausgerechnet auf Indien fiel; lediglich preiswert sollte es sein, exotisch, etwas, was nicht jeder macht, und möglichst weit entfernt von München und Traunstein, den Orten seiner Niederlagen. Durch die Gespräche mit den anderen Backpackern, zuerst auf der Rundreise durchs Land, dann im südindischen Auroville, wo ihn diese Geschichte von der sogenannten „Mutter" und ihrem Traum von einer utopischen Gesellschaft in einer Planstadt dazu veranlasste, seine Weiterreise immer weiter herauszuschieben, war er erstmals seit langem oder vielleicht überhaupt zum ersten Mal überzeugt davon, dass das, was er da machte, *das Richtige* sei. Er genoss es, am Meer entlangzuspazieren. Zusammen mit dem Ärzteteam der Stadt im Jeep auf den Schlaglochpisten von einer der weit auseinanderliegenden Siedlungen zur nächsten zu fahren. Lesen, Essen, Sprechen. Schlafen. Die Schwüle. Mit einem der Ärzte, der dem Aussehen nach auch ein Guru hätte sein können, dürr, lederne Haut, vielleicht 60, in weiße Tücher gekleidet, Pratick, unterhielt er sich hin und wieder, auch darüber, was er mit seinem Leben anfangen solle, über seine Angst, die falsche Entscheidung zu treffen oder genauer: schon längst getroffen zu haben, na ja, eigentlich waren es eher vage Andeutungen, die Jürgen hier und da machte, über seine Unzufriedenheit zu Hause, seine Planlosigkeit. Ohne ihm direkt einen Rat zu geben, zeigte dann Pratick oder „Meister Pratick", wie ihn viele in Auroville nannten, Jürgen einige Yogaübungen, und wie er sich verhalten sollte, um den Panikattacken entgegenzuwirken, die ihn beim Abitur und später bei den Klausuren während des Studiums regelmäßig heimsuchten (Schneidersitz! Arme anwinkeln! Atmen, ein und aus und ein! Sich einen roten Elefanten vorstellen!); und Jürgen begann, mit einem seiner größten Feinde während der Schul- und Studienzeit, seinem Körper, doch noch Frieden zu schließen. Ja, als Meister Pratick ihn und einige andere Backpacker ins Gesundheitszentrum von Auroville mitnahm, lernte Jürgen zu seiner eigenen und auch Praticks Überraschung recht schnell die Handgriffe, die der Meister an seinen Patienten zur Entspannung, aber auch zur Kurierung von einigermaßen schweren Krankheiten, anwandte und die Jürgen selbst, der bis dahin noch nie irgendjemanden, geschweige denn jemand Halbnackten, berührt hätte, ausprobieren durfte. Er löste Knoten, renkte Schultern ein. Lernte, wie die Organe, ja, sogar die Zähne mit Verspannungen zusammenhingen. Alles war im Geheimen miteinander verbunden. Eigentlich wäre er gern länger geblieben. Meister Pratick versprach er wiederzukehren, irgendwann einmal, seltsamerweise nickte der lächelnd und meinte, mit seiner weichen, aber dennoch eindringlichen Stimme: „I know you will. For sure." Schon während des Rückflugs nach insgesamt über zwei Monaten Indien war Jürgen klar, dass er zu Hause etwas mit Massage oder Medizin versuchen würde, dass dies nun seine Bestimmung sei. Tatsächlich absolvierte er die Ausbildung in Traunstein, anders als in seinen bisherigen Studienversuchen, schnell und erfolgreich. Ohne Probleme fand er eine Anstellung in München.

Eines Tages aber – es war in der Woche gewesen, als Monika verschwand – erinnerte er sich seit langem wieder an die Monate damals in Auroville, dieses Gefühl, das er seitdem gehabt hatte und das ihm stets wie auf Kommando, horchte er in sich hinein, zur Verfügung gestanden hatte: Freiheit, blauer Himmel, mach, was du willst, du schaffst das, wie der Spruch eines Orakels. Er suchte danach. Er konnte es nicht finden. Und Indien? Selbst wenn er nun die Fotos von damals durchsah, die ihn in Auroville zeigten – einen Beweis dafür, dass er damals tatsächlich glücklich gewesen war, stellten sie nicht dar. Auf einmal war ihm das Leben, das er führte – vor allem das: mittelmäßig bezahlter Physiotherapeut in Anstellungsverhältnis, kaum Chancen auf Veränderung –, beinahe unerträglich. Nicht nur, dass er erneut ständig glaubte, *das Eigentliche* zu versäumen, wie zum Beispiel hier eine Reise nach Tibet, für die sich Monika nie freinehmen würde, geschweige denn, dass sie darauf Lust hätte, oder dort ein Flirt mit einer Patientin (trotzdem würde er ja Monika und Clara nie verlassen); sondern auch, dass er in den wenigen Momenten, von denen er wusste, dass sie eigentlich *gut* waren, meinte, sie nicht intensiv genug zu empfinden: Claras Fortschritte beobachten, mit den Kumpels aus der Praxis Volleyball spielen, Unterhaltungen und Sex mit Monika.

Lange haben sie beide geschwiegen. Jürgen möchte jetzt am liebsten abgelenkt werden, egal durch was, Monika spürt das. Er legt den Kopf in ihren Schoß. Sie streichelt sein Haar und liest ihm aus der Fernsehzeitschrift Inhaltszusammenfassungen der Programmhighlights der nächsten Tage vor. Anwalt Doherty verliebt sich auf einem Ball in das Catering-Mädchen Linda. Nach einer heißen Nacht ist sie verschwunden. Es beginnt eine turbulente Suche. Moderne Cinderella-Version.

Erlangen 1505. Ein Blitz schlägt direkt neben dem jungen Martin Luther ein. Er macht ein Gelöbnis, das sein Leben und die Welt verändern wird. Spannendes Historiendrama.

Als die drei Freunde Peter, David und Luisa auf einer gemeinsamen Skitour in einer Berghütte von einer Lawine verschüttet werden, kochen die Gefühle hoch. Deutscher Psychothriller.
Er ist der mächtigste Mann der USA, sie die erste Präsidentin Frankreichs. Doch bald verbindet beide mehr als nur gemeinsame politische Interessen. Hollywood-Komödie mit Starbesetzung.
Monika sagt zu Jürgen Papi, Jürgen zu Monika Mami, so wie sie sich seit Claras Geburt nennen. Wenn er ihr Gesicht von unten betrachtet, beginnen sich ihre Züge zu verformen, ihre Nase, ihre Wangen; er stellt sich vor, wie wohl das Gesicht dieses Regisseurs aussehen wird. Als Jürgen ihm drei Tage später am vereinbarten Treffpunkt, im *Café Puck*, die Hand schüttelt, entspricht Hofer in keiner Weise Jürgens Erwartungen. Weder ist er, wie Jürgen aufgrund der Bassstimme dachte, dick noch wesentlich älter als Jürgen. Jürgen weiß nicht, woran es liegt, vielleicht an Hofers Dauerlächeln oder an der Art, wie er Jürgen den Vortritt ins Café lässt und ihm dabei brüderlich die Hand auf den Rücken legt – doch für einen Moment ist Jürgen trotz seines Vorsatzes, vorsichtig zu sein, von diesem Hofer eingenommen. Auf die Frage, wie es ihm gehe, ob er zurzeit viel Stress in der Arbeit habe, antwortet Jürgen dann sogar ausführlich, dass ihn diese ewige Krankengymnastik nach neun Jahren doch recht langweile und dass er sich vielleicht umorientieren werde, es gebe da so ein Jugendprogramm für schwererziehbare Kinder, mit denen er im Turnus von zwei Wochen auf einer Hütte in den Bergen arbeiten und wandern wolle, das sei sein Plan; warum erzählt er das Hofer?
Im Café – als ob sie ihn reserviert hätten –: noch ein einziger freier Tisch im Hinterraum. „Ihre Schwester, Ulrike, ist noch

am Leben. Das haben Recherchen ergeben. Wir haben das recherchiert. Es gibt da eine Frau im Alter ihrer Schwester, Mädchenname Kämmerer, wohnt in Budapest, zum zweiten Mal geschieden, ein Sohn im Vorschulalter, führt den Namen ihres letzten Mannes, Ligeti", sagt Hofer ohne Umschweife und atmet laut aus. Für Jürgen klingt Hofers Stimme mit einem Mal wie aus einiger Entfernung, er starrt auf die Dokumente, die ihm zugeschoben werden, Kopien einer Scheidungsurkunde, Rechnungen, das alles auf Ungarisch, mit gelbem Marker angestrichen, *Ulrike Ligeti*, die unscharfen Fotos einer Frau, blond ist sie, so viel erkennt er, ihr Gesicht verschwommen, ein Fleck.

„Die Idee ist die", Hofer hat laut eingeatmet. „Wir fahren, Ihr Einverständnis vorausgesetzt, zusammen nach Budapest und werden bei Frau Ligeti vorstellig. Um zu sehen, ob sie wirklich Ulrike, also ob sie Ihre Schwester ist. Wir besitzen zwar gewisse Informationen über sie. Kann aber natürlich auch alles Zufall sein. Also. Wir fahren mit Ihnen hin und filmen das. Es gibt übrigens auch etwas Geld dafür. Ein Honorar sozusagen ..."

Hofer atmet ein.

Jürgen hat so einen Klang gehört, wie wenn Geigen lauter und dann wieder ganz leise spielen. Mit einem Schlag ist ihm bewusst geworden, dass man hier wegen eines Geschäfts zusammensitzt. Das hier ist ein Geschäftsessen. Dieser Hofer ist natürlich so freundlich und herzlich, weil er auf Jürgen angewiesen ist. Aber das geht schon in Ordnung. Wichtig ist, dass Hofer nicht etwa Hoffmanns Fall neu aufrollen, Details einer möglichen Ermordung durchspielen will oder etwas in der Art, sondern annimmt, dass Ulrike vielleicht am Leben, dass sie all die Jahre vielleicht am Leben gewesen ist, in Budapest, ein positiver Ansatz also. Die Frau auf den Fotos könnte

irgendwer sein, sie sind zu unscharf; aber das ist egal, genauso wie es egal ist, dass die Möglichkeit besteht, dass sich das alles als ein Reinfall herausstellt, Jürgen muss wissen, ob diese Frau in Budapest seine Schwester ist, er muss nach Budapest, mit oder ohne diesen Herrn Hofer, er muss. Und auf keinen Fall darf er sich jetzt etwas anmerken lassen, alles soll so nüchtern wie möglich über die Bühne gehen. Hofer gibt Jürgen diese Frau, Jürgen gibt Hofer eine kleine Reality-Show in Budapest, darum geht es, das ist der Deal.
„Dem Sie geredet haben, ich meine, dem Vater, ob Sie ... Mann!“, Jürgen versucht, sich zu konzentrieren. „Haben Sie ... haben Sie meinem Vater etwas davon erzählt?“, er würde gern wissen, wie er, Jürgen, dabei aussieht, während er diesen Satz sagt.
Hofer hebt beschwichtigend die Arme. „Aber bitte. Ihr Vater hat ja nun schon ein gewisses Alter. Das wäre ja geradezu unverantwortlich, ihm so was am Telefon, also ... dazu noch, wenn das ein Fremder ... Wir haben ihn lediglich wissen lassen, es gehe um einige Fragen wegen dieser Dokumentarfilme über Ulrike und dass man deshalb dringend seinen Sohn sprechen müsse ...“
Jürgen hat wieder einen Klang im Ohr, die Geigen. Er nickt stumm.
„Also, wir dachten uns ... übernächste Woche filmen, Ihren Alltag und so weiter, und dann, doch schon recht zeitnah: der Dreh in Budapest“ – er sagt *Budapescht* – „vielleicht ... im Februar?“ Hofer spitzt die Lippen.
Jürgen fragt sich, ob er gerade etwas verpasst hat, ob er vielleicht den Eindruck erweckte, dass er bereits in die Sache eingewilligt hat, er weiß nicht, wie er sich verhalten soll. Konzentrieren: Was wäre Monikas Rat? Während er den letzten Schluck Kaffee trinkt, spürt er, dass er sich eigentlich schon

mit der Situation abgefunden hat, Hofer soll Jürgen sagen, was er zu sagen und zu tun hat, und er sagt und tut, was Hofer sich vorstellt.
Jürgen erwidert in einem freundlichen Tonfall, der ihn selbst überrascht: „Gut." Und: „Ich sehe da eigentlich kein Problem. Wir können das ja mal so festhalten, Herr Hofer. Wenn sich etwas ändert, melde ich mich. Wir bleiben ja ohnehin in Kontakt, nehme ich an."
Nachdem sie sich verabschiedet haben, geht er auf die Toilette. Beim Händewaschen schaut er zufällig in den Spiegel. Seine Wangen sind nicht gerötet, dabei hätte er schwören können, dass sie gerötet sind. Während des Gesprächs vorhin hatten sie geglüht.

FÜR EINE SEKUNDE hat er, als er mit seinem Daumen über ihren Rücken streicht, daran denken müssen, wie das sein wird, wenn ihn übermorgen die Kamera begleitet; er sieht, wie er seine Patienten massiert, mit ihnen Krankengymnastik macht, Clara abholt, wie er mit Monika und Clara zu Abend isst. Sonst erschien ihm das alles immer als furchtbar banal; jetzt aber, so betrachtet, ist er irgendwie stolz darauf, er freut sich auf übermorgen.
Er flüstert: „Ich liebe dich."
Monika dreht sich um und sagt: „Ich kann mir ein Leben ohne dich nicht vorstellen."
Er berührt Monikas Rücken – aber er spürt ihn nicht wirklich. Ihr Gesicht ist keinen halben Meter von dem seinen entfernt –, aber ihre Worte klingen so, als kämen sie aus einem Lautsprecher. Wenn sie und mit ihr das Bett, auf dem sie liegt, wenn sich das Schlafzimmer plötzlich auflösen würde

und er allein zurückbliebe, in einem dunklen Raum, es würde ihn nicht sonderlich überraschen. Er würde sich nicht rühren und weiter auf die Stelle starren, wo sich noch Sekunden zuvor die Frau befand, mit der er verheiratet ist. Davon ist er überzeugt.

JÜRGEN PARKT das Auto in der Einfahrt vor dem Bungalow, der für ihn noch immer *das Haus von der Großmutter* und nicht *das Haus vom Dad* ist, und weiß, dass sein Vater in den Minuten vor Jürgens Ankunft mehrmals zum Küchenfenster gegangen ist, um nachzusehen, ob Jürgens Auto schon da wäre, und dass er auch jetzt dort steht, hinter dem weißen Vorhang.

Bei der Begrüßung wirkt sein Vater gar nicht so, als sei er übermäßig überrascht oder als freue er sich, dass Jürgen nach so langer Zeit auf Besuch kommt, was Jürgens Wut auf ihn nur noch steigert. Schon auf der Fahrt hierher war Jürgen diese Sache immer wieder durch den Kopf gegangen: dass man nur wenige Stunden voneinander entfernt wohnt und sich trotzdem nie sieht, ja, so tut, als ob der andere gar nicht existiert. Die paar Telefonate zum Geburtstag des Vaters oder zu Weihnachten – nicht etwa, dass der jemals Jürgen anrufen würde; immer ist es Jürgen, der sich doch noch einmal, trotz aller Vorsätze, nie wieder anzurufen, zusammenreißt und sich nach dem dann natürlich katastrophalen Gespräch vornimmt, sich von nun an aber wirklich nicht mehr zu melden – laufen immer gleich ab. Man könnte die Antworten von Jürgens Vater vorher aufschreiben. Man könnte jeden Satz mitlesen und sich überzeugen, dass er Wort für Wort immer dasselbe sagt. Irgendwann einmal wird Jürgen das machen.

Als er ins Haus tritt, ist er für einen Moment verwirrt, weil er so an die Einrichtung der Zimmer von damals gewöhnt ist, als die Oma hier noch wohnte, und er, wenn er, wie jetzt, die Tür öffnet, etwas ganz anderes erwartet, das Schlafzimmer der Oma, nicht das Wohnzimmer seines Vaters, ihr Bett, den Nachttisch, nicht die Couch, den Tisch und den Bücherschrank, die früher bei ihnen zu Hause standen. Es ist tatsächlich so, als komme er in Traunstein ins Wohnzimmer und nicht in Übersee.

Und dann sieht er die Bilder, die letztes Mal, soweit er sich erinnert, noch nicht da waren, nein, die waren nicht da. Seine Mutter an der Wand, auf dem Sekretär, im Regal. Sein Dad war damals nicht bei der Beerdigung von der Mama erschienen, weil er es nicht ausgehalten hätte, und nicht etwa, weil es ihm egal war; es war seinem Vater *nicht* egal, er spricht nie über die letzten Jahre von der Mama, vom Krankenhaus, weil es zu wehtut, nicht weil es ihm peinlich ist, dass er sie damals zu wenig besucht hat; er hat sie so wenig besucht, weil es ihm wehtat, sie so zu sehen.

Sein Vater macht keinen guten körperlichen Eindruck, er ist abgemagert, seine Haut ist gelblich, er raucht noch immer eine Schachtel am Tag, alles riecht nach Rauch, alle Möbel riechen nach diesem Scheißrauch, wenn Jürgen seinen Vater in den Arm nehmen und tragen würde, vielleicht wäre er ganz leicht, wie Clara. Sein Vater murmelt: „Die Mama. Ja. Die Mama", seine Angewohnheit, die wichtigen Wörter eines Satzes zu wiederholen, mochte in der Schule sinnvoll gewesen sein und seine Überlegenheit unterstreichen; aber hier, im Alltag, wirkt sie senil.

Jürgen nimmt an der Stelle Platz, wo die Oma früher in ihrem Bett schlief und wo sie auch gestorben ist. Er gibt den Plan auf, seinen Vater über die neuesten Entwicklungen in Sachen

Ulrike zu informieren und ihn zu überreden, nach Budapest mitzukommen, worum Hofer Jürgen am Telefon gebeten hatte. Ursprünglich war das alles von Jürgen natürlich auch als Spitze gegen seinen Vater gedacht gewesen: ihn ein bisschen überrumpeln, sein selbstgefälliges Ich-war-bis-vor-kurzem-Studiendirektor-Leben durcheinanderwirbeln und dann vielleicht darauf zu sprechen zu kommen, warum er sich so dermaßen abschottet und keinerlei Interesse an Jürgens Familie zeigt und: ob er denkt, dass Physiotherapeuten dümmer seien als Gymnasiallehrer.

„Jetzt sag mal. Was ist das mit diesem Regisseur? Wenn du mir das nicht am Telefon sagen kannst und extra hierherkommst. Ich bin ja mal gespannt. Also, wenn du extra hierherkommst." Jürgens Vater stemmt seine Hüfte nach oben und kramt eine Zigarettenschachtel aus der Hosentasche.

„Die wollen nur einen Film über Physiotherapie und so machen", sagt Jürgen schnell. „Nichts weiter. Ich bin eigentlich nur so hier, um dich mal wiederzusehen. Wir haben uns ja lange nicht mehr gesehen." Er schaut starr auf die Schachtel, wie sein Vater sie schüttelt, bis eine Zigarette herausrutscht; diese Geste, die ihm trotz allem – Falten, Langsamkeit der Bewegungen – immer noch etwas Lässiges verleiht, hat er drauf, wird er bis zum Schluss, auch wenn alles andere nicht mehr geht, draufhaben. Aber ansonsten haben sich die Verhältnisse umgedreht, denkt Jürgen, wenn er seinen Vater so aus dem Augenwinkel mustert: Heute und hier, in Übersee, sitzt ihm nicht ein Mann gegenüber, der einfach nur älter ist als er selbst und daher automatisch einer, den man ernst nimmt, einer, den man theoretisch um Rat fragen könnte, eine Stütze. Sein Dad ist ein alter Mann geworden. Nicht er, sondern Jürgen kann die Dinge besser einschätzen, ist der, auf den man sich verlässt, der beruhigt, seinen Vater beruhigen, in den Arm schließen sollte – wie einen Sohn.

Jürgen weht da etwas an, diese alte Angst, die ihn besonders früher, während seines Studiums, öfter überkam: dass all die, die um ihn sind und die er mag, nein, *liebt*, insbesondere seine Mutter, seine Oma, sterben müssen; dass er, ohne dass er oder irgendjemand es verhindern könnte, von ihnen wird Abschied nehmen müssen – für immer; dass er, unweigerlich, diese eine Szene mehrmals erleben wird: er, am offenen Grab, Blick auf den Sarg, in dem sich dann der befindet, der doch immer, Jürgens ganzes bisheriges Leben lang, da war. In einer Mischung aus Heul- und Lachkrampf hatte Jürgen, wenn er daran dachte, auf seinem Bett gelegen und nach einer Lösung gesucht, von der er wusste, dass es sie nicht geben konnte (schockartig dann, vor acht Jahren, die Erinnerung daran, als er bei der Beerdigung seiner Mutter hinab auf das helle Holz des Sargs blickte, es war ein strahlend blauer Wintertag gewesen).

Heute, hier, ist der geliebte Mensch, um den Jürgen Angst hat, nach langer Zeit wieder, vielleicht zum ersten Mal: sein Vater.

Im Licht der grellen Nachmittagssonne, die durch die Fenster ins Zimmer fällt, ist er für Jürgen, der plötzlich ungeheuer schläfrig ist, ständig muss er gähnen, fast durchsichtig geworden, verschwunden.

DER JÜRGEN im Fernseher: „Dass meine Schwester, dass sie tot ist, das, also, ja, das habe ich, ich meine, zuerst habe ich das an den Fotos bemerkt, glaube ich. Weil die sind immer gleich geblieben. Da kamen keine neuen dazu. Ich

meine, die war da immer gleich alt drauf. Die war da immer ... sechs."
Jürgen ist sich fremd. Der, den er da auf dem Bildschirm sieht, könnte auch ein anderer als er selbst sein. Die Art, wie er spricht, seine Gestik, all das hat nichts mit dem gemein, der er heute ist. Ein bisschen tut ihm der Junge im Fernseher leid, das Metaller-Outfit, er war sich nicht bewusst, wie lächerlich das auf Außenstehende wirkt, die Zeit für so etwas ist doch schon lange vorbei. Die Kamera zoomt auf sein Gesicht; dem Kameramann scheint damals aufgefallen zu sein, dass Jürgen zwar einen auf *tougher Typ* macht, sich aber mit seinem ängstlichen Blick und dem unsicheren Lächeln verrät. Jürgen würde den Jungen im Fernseher am liebsten umarmen und ihm sagen, dass alles O.K. ist, dass er sich keine Sorgen machen muss, er findet mal eine tolle Frau, hat eine süße Tochter und einen Job, unter dem er sich damals nicht das Geringste vorstellen konnte.
Der Junge im Fernseher: „Ich wünsche ihm den Tod."
Jürgen erschrickt, weil er sich nicht mehr erinnerte, dass er das tatsächlich gesagt hatte; es ist schon ewig her, dass er den Film das letzte Mal gesehen hat. Er meint zu wissen, dass das nur ein Spruch gewesen war, um den Regisseur, dessen Namen er vergessen hat, zu beeindrucken.
Der Fernseher zeigt eine Tür. Aus dem Zimmer dahinter ertönt Metal. Das ist sein Zimmer. Was hat er damals nur gemacht, während er Musik hörte? Was machte er damals genau in dem Moment, als das gefilmt wurde, in seinem Zimmer? Sie hatten also ihn beziehungsweise die Tür gefilmt, ohne dass er davon wusste. Die Kamera zoomt auf die Tür, ihr hellbraunes Holz, das Bild friert ein. Flimmern.
Hofer: „Was geht in Ihnen vor, wenn Sie diese Bilder nach über 22 Jahren wiedersehen? Wer waren Sie damals?"

Jürgen überlegt, er kann ja wohl kaum sagen, dass er damals nur eine Show abgezogen hat, um den Regisseur zu beeindrucken.
Hofer schaut ihn an, erwartungsvoll.
Jürgen blickt unsicher in die Kamera, obwohl Hofer ihm vor dem Gespräch eingeschärft hatte, die ganze Zeit über in seine Richtung zu sprechen.
Jürgen: „Scheiße. Entschuldigung. Kann man das vielleicht löschen, ich meine, rausschneiden. Ich sag' auch gleich was zu der Frage. Nur dass man halt das hier gerade wegmacht, was ich sage. Ich war gerade nicht bei der Sache."
„Das ist kein Problem. Machen wir das Ganze einfach noch mal." Hofer klingt zwar freundlich, Jürgen kann aber sehen, dass er ungeduldig wird.
Jürgen: „Ja. Ob ich mich sehr verändert habe? Nein. Das kann ich nicht bestätigen. Im Prinzip bin ich immer noch derselbe."

ER STREICHT mit den Händen über ihren nackten Rücken. Am Sakralgelenk drückt er ihr leicht seine Daumen ins Fleisch, beginnt auf der Stelle zu kreisen.
„Dan-ke!", kommt Hofers Stimme aus dem Hintergrund. Der Kameramann geht vom einen Ende des Zimmers zur Liege und schultert seine Kamera. Das Objektiv ist jetzt nur noch wenige Zentimeter von Jürgen entfernt; er hat das Gefühl, er müsse den Atem anhalten, weil sonst die Linse beschlägt.
„Passt alles? Alles O. K.?", fragt er.
„Alles klar, Herr Kämmerer. Wir filmen das mit mehreren Einstellungen und schneiden das dann zusammen. Damit

der Zuschauer ein bisschen Abwechslung hat. Machen Sie doch einfach weiter. Wir schneiden das dann zusammen."
Jürgen versucht, genau die Haltung von vor ein paar Sekunden einzunehmen, es gelingt ihm aber nicht, er erinnert sich nicht mehr an den Gesichtsausdruck, den er eben noch hatte. Schaute er angestrengt?, entspannt?, er weiß es nicht mehr. Stellt er sich sein Gesicht in diesem Augenblick vor, sieht er nur einen verschwommenen Fleck, den blonden Kurzhaarschnitt, seine helle Haut, das ist alles. Er massiert weiter. In seinem Kopf fügen sich die beiden Einstellungen zusammen, als seien sie schon geschnitten: er aus einiger Entfernung, er ganz nah, sein Gesicht, seine Hände, Frau Waldmanns Rücken, ihr Muttermal. Frau Waldmann hat ein Muttermal auf dem linken Schulterblatt.

JÜRGEN IST für einen Moment regelrecht weggetreten, er muss an einen Artikel denken, den er neulich in der *Esotera* las, über einen „Heiligen" in Indien, der seine Familie um sich versammelte, ihr mitteilte, dass er nun gleich für zwei Jahre seinen Körper verlasse, man solle ihn bitte füttern, waschen und so weiter, er werde voll funktionsfähig sein. Tatsächlich schlug er zwei Jahre später an dem von ihm angegebenen Tag die Augen wieder auf und bedankte sich als Erstes bei seiner Frau, dass sie so gut für ihn gesorgt hat.
Was Jürgen aber tatsächlich beschäftigt, ist die Frau aus Budapest – er nennt die vermeintliche Ulrike jetzt für sich immer nur *Die Frau aus Budapest.* Denn ihm ist schlagartig hier, beim Abendessen, bewusst geworden, dass er nicht will, auf keinen Fall, dass sich irgendetwas ändert an seinem Leben. Er möchte nicht, dass Clara eine Geburtstagskarte aus

Ungarn mit den besten Wünschen erhält, Monika ihm womöglich vorschlägt, er solle doch seine Schwester mal hierher, nach München, einladen, und, als Krönung, die Frau aus Budapest tatsächlich hier herumläuft und auf der Couch in ihrem Wohnzimmer schläft. Er will nicht, dass sich irgendetwas mit seinem Vater ändert, nicht dass der plötzlich anfängt, sich für Jürgens Familie zu interessieren oder ihn etwa anruft, er habe da kürzlich mit Ulrike gesprochen, die habe ihm das und das erzählt und so weiter.
Kann er die Reise morgen noch irgendwie abblasen? Nein. Er hat keine Wahl. Die Tickets mit seinem Namen stecken in der Reisetasche im Vorzimmer, Hofer und der Kameramann werden am Flughafen auf ihn warten, seine Name wird durchgesagt werden, Hofer wird bei ihm anrufen, Druck machen, das geht alles nicht.
Er beißt von seinem Salamibrot ab und kaut.
Ganz egal, wie das in Budapest abläuft, er wird am Dienstag hierher zurückkommen, und der ganze Spuk wird vorbei sein, nichts wird sich ändern, auch wenn Ulrike Stress macht. Ulrike hat die letzten 39 Jahre nicht für ihn existiert und er nicht für sie. Und das wird auch so bleiben.

ER STEHT vor der Holzkiste und entdeckt die vier Bücherstapel darin; in einem von ihnen liegt das Tagebuch. Aber als er sie öffnet, befindet sich in der Kiste nur Geschirr, in Seidenpapier eingewickelt. Er kann sich genau an die engbeschriebenen Seiten erinnern, der verschmierte schwarze oder blaue Kuli, manche Passagen sind durchgestrichen, die darüber gemalten Fratzen, grinsend, weinend. Kurz vor seiner Weltreise hatte er mit den Einträgen aufgehört. Aber dass das

Tagebuch jetzt nicht an der Stelle ist, wo es eigentlich sein sollte, irritiert ihn.
Monika hat auch keine Ahnung, wo es sein kann, sie sagt, er habe ihr zwar damals, als sie sich kennenlernten, von *seinem Buch*, einem *Tagebuch*, erzählt; aber gesehen habe sie es nie. Hat er ihr nicht erzählt, er habe es verbrannt? Er ist sich nicht mehr sicher. Doch. Er erinnert sich an ein Feuer im Garten in Traunstein, damals, als er von zu Hause auszog, die Funken stoben wild in den Nachthimmel, das Holz knackte, der Geruch von Spiritus, die Mama rief von der Terrasse, er solle sofort das Feuer ausmachen, aber er hat es noch eine ganze Weile weiterbrennen lassen, bis das Tagebuch verschwunden war.
War das so?

BUDAPEST, das fällt ihm auf der Fahrt im Taxi vom Flughafen zum Hotel auf, sieht aus wie das Bukarest aus der Fernsehsendung, die er sich vor einiger Zeit angeschaut hat. Er selbst war ja nie in Bukarest, und, wie merkwürdig, denkt er, während die Plattenbauten vorbeiziehen – befinden sie sich schon in der Innenstadt? –, er kennt durch seinen Aufenthalt damals Indien besser als Europa.
Nach der Ankunft im Hotel geht alles viel zu schnell. Hätte es einen Knopf für Zeitlupe gegeben, Jürgen hätte ihn gedrückt. Kaum hat er sich frischgemacht, unten in der Bar ein paar Erdnüsse gegessen, sitzen sie auch schon wieder im Taxi und fahren über die Donau – ihr Hotel liegt in Pest, Frau Ligeti wohnt auf der anderen Seite, in Buda. Alles ist anders gewesen, als Jürgen es sich vorgestellt und manchmal vor dem Einschlafen klar vor sich gesehen hatte: Die Dolmetscherin, Frau Károlyi, die in der Lobby auf sie wartete, war weder klein,

noch hatte sie schwarze Locken oder ein Puppengesicht; ihrem Aussehen nach hätte sie auch aus Nord- oder Ostdeutschland stammen können, blond und kantige Züge. Das Hotel: zwar modern eingerichtet, an der Rezeption stand ein Schwarzer, der Ungarisch und Deutsch sprach; in der Stadt selbst wehte aber noch immer der Geist des Ostblocks. Die schwarzen Fassaden, der abgebrochene Stuck an den einst wohl prächtigen Häusern, eine Statue ohne Gesicht, uralte dröhnende Busse; lediglich in den Erdgeschossen haben sich neue Geschäfte eingenistet, zwischen endlosen ungarischen Namen mit viel „Ö" und „Ü" liest Jürgen kürzere, bekannte, *Salamander, Plus*. Dann sind sie da. Frau Ligeti wohnt in einem Jugendstilgebäude, neben dem Burgberg. Hinter der Staubschicht sind an den Mauern Ornamente zu erkennen, Schlingpflanzen. Im verdreckten Eingangsbereich steht ein Kinderwagen.

Frau Ligeti arbeite als Sprechstundenhilfe in einer Zahnarztpraxis; Hofer hat dort ganz unverfänglich anrufen lassen, eine Kollegin habe die Auskunft erteilt, dass Frau Ligeti zurzeit nicht im Urlaub sei, demnach komme sie, so Hofers Folgerung, wohl zumindest zum Abendessen in ihre Wohnung, schließlich sei ihr Sohn ja auch noch da. Natürlich könne man nicht hundertprozentig sicher sein; aber die Begegnung der möglichen Geschwister müsse spontan wirken, da müsse man eben ein Restrisiko eingehen und könne nicht alles bis ins Detail vorausplanen, es handle sich hier um eine Dokumentation, die ungeschminkte Realität mit all ihren Unwägbarkeiten. Jürgen hat Hofer im Verdacht, mehr zu wissen, als er ihm erzählt; was heißt hier bitte „Restrisiko"? Die werden doch nicht nur durch einen kurzen Anruf bei einer Kollegin sichergestellt haben, dass die gute Frau auch da ist, wenn man schon die weite Reise macht. Monika hatte ihre eigene Theorie gehabt: Die Ligeti ist Ulrike! Sie wurde von einem Kinderschmugglerring entführt und in einem Katalog mit verschreckt in die Kamera blickenden Kindern aus der ganzen Welt abgebildet! Dann adoptiert – von einem reichen kinderlosen Ehepaar (sie unfruchtbar, er impotent)! So sehr das auch nach einer von Monikas SAT.1-20-Uhr-15-*FilmFilm*-der-Woche-Fantasien klang, so sehr hatte es doch zusammen mit Hofers Erklärungen Jürgens Vorstellung beeinflusst, dass die Ligeti relativ wohlhabend sei und mit ihrem Sohn in einem Haus in einem ruhigen Vorort wohne, ein Vorort wie jener, in dem er einmal mit Monika und Clara wohnen wird.

Jürgen steigt die Treppe neben Frau Károlyi zur Wohnung im dritten Stock hoch, in seinem Rücken Hofer und der Kameramann. Das Licht des Scheinwerfers wirft Jürgens und Frau Károlyis Schatten auf die Stufen, es riecht nach Bohnerwachs. Jürgen sieht sich plötzlich aus weiter Entfernung neben Frau Károlyi auf der Treppe, dann vor der Tür, klingeln, sich räuspern.

Eine Frau, Ulrike, blond, mit runder Brille. Im Hintergrund: Kinderstimmen, Lachen. Ulrike sieht die Kamera und macht einen Schritt zurück.

Jürgen sagt den einzigen ungarischen Satz, den er gelernt hat und der für ihn wie ein Zauberspruch aus einem Märchen klingt.

Jó napot. Guten Tag.

Erstaunt blickt ihn Ulrike an, die Augen weit aufgerissen, braune Augen wie die von Mama. Dann beginnt Frau Károlyi zu reden, Jürgen versteht kein Wort. Ulrike unterbricht sie, in scharfem Tonfall, gleichzeitig reden sie jetzt aufeinander ein, Ulrike scheint verärgert, er kann da nicht länger bloß zusehen, er müsste jetzt nur das Richtige sagen, und Ulrike erkennt ihn, erinnert sich.

„Entschuldigung, Ulrike?“ Er hebt die Hand. Seine Schwester zieht den Kopf ein. Sie hat Angst vor ihm. „Ich bin's. Dein Bruder. Jürgen“, seine Stimme zittert, „... dein Bruder ... das gibt's doch nicht ... also, wir sind extra aus Deutschland ... wir sind hierhergekommen ... also, man hat gesagt, du wohnst hier ... du brauchst keine Angst zu haben ...“
Das ist alles zu viel für ihn. Er kann nicht weitersprechen.
Ulrike hat ihm nicht zugehört, ist in der Wohnung verschwunden. Als die Tür vor ihm zuknallt, steht ihm noch immer ihr Gesicht vor Augen. Ihre Stupsnase. Er klingelt, noch einmal, ihm ist es jetzt egal, ob das hier gefilmt wird. Hofer flüstert, da öffnet sich die Tür wieder einen Spalt. Jürgen will etwas sagen, aber Frau Károlyi zischt ihm zu: „Seien Sie still“ und spricht mit ruhiger Stimme auf Ulrike ein.
Wenig später öffnet sich die Tür ganz. Nur Frau Károlyi und Jürgen, keine Kamera, das ist die Bedingung. Dann steht er neben Frau Károlyi und direkt vor Ulrike im Flur der Wohnung. Jürgen versucht, seine Fassung wiederzugewinnen, und sagt die Sätze auf, die er sich vor der Reise zurechtgelegt hat, automatisch kommen sie ihm über die Lippen. „Entschuldigung. Ich weiß, dass wir Sie hier überfallen. Aber wir haben einen sehr weiten Weg gemacht, um mit Ihnen zu sprechen. Es geht um meine Schwester. Ulrike Kämmerer. Sie ist 1964 entführt worden. Damals war sie sechs. Seitdem fehlt jede Spur von ihr. Wir haben Anlass zu glauben, dass Sie möglicherweise Ulrike sind. Vielleicht können Sie uns weiterhelfen.“
Er hätte etwas anderes sagen sollen. Warum spricht er in der Wir-Form, wenn Hofer und der Kameramann gar nicht dabei sind?
Eine orangefarbene Tapete mit grünen Blumengirlanden. Unter den Mänteln in der Garderobe ein Paar blaue Kindergummistiefel – wie damals in Augsburg.

Ulrikes Gesichtsausdruck ist anzusehen, dass sie kein Wort verstanden hat. Sie spricht kein Deutsch, nicht einmal ein paar Brocken. Nachdem Frau Károlyi übersetzt hat, verschwindet Ulrike im Zimmer nebenan, ruft ihnen etwas zu. Jürgen will ihr nach, Frau Károlyi hält ihn zurück, „Sie holt etwas“, flüstert sie. Was machen Hofer und der Kameramann jetzt im Treppenhaus? Filmen sie die verschlossene Tür und nehmen Jürgens, Ulrikes und Frau Károlyis gedämpfte Stimmen auf?

Ulrike kommt zurück, mit einem schwarzen Album unterm Arm und ihrem Pass, den sie Jürgen mit erwartungsvollem Blick unter die Nase hält. Ohne dass Frau Károlyi übersetzen muss, versteht Jürgen jetzt, was ihm Ulrike, nein, die Ligeti erklärt. Hier, sie sei 1958 in *Budapescht* geboren worden, da stehe es, der Pass beweise es doch. Ihr Vater stamme aus Österreich, deshalb heiße sie mit Mädchennamen Kämmerer. Und hier, die Fotos, sie schlägt das Album auf, das sei sie: das Baby, auf dem Arm ihrer Mutter, einer Frau, die Jürgen nicht kennt, in der Wiege, auf dem Liegestuhl, den Teddybären fest an sich gedrückt, auf einer Wiese: das kleine Mädchen mit dem langen blonden Haar neben dem Jungen, den sie um über einen Kopf überragt und der ihr Bruder sein muss; sie mit blauer Schultüte; stolz in der Mitte ihrer Verwandten bei der Erstkommunion, im weißen Kleidchen; Jahre später, schlaksig, in der Tanzschule; auf einer Bergtour mit ihren Eltern, ausgelassen lachend; im Badeanzug mit einem Mann, ihrem Freund, Hand in Hand, irgendwo an der Küste eines Sees oder Meers, eine Möwe.

Frau Ligeti hat das Album zugeklappt. Sie hat jetzt nicht mehr diesen harten Gesichtsausdruck. Jürgen hört sich atmen. Er sieht sich im Flur stehen.

DAS LETZTE STÜCK geht man vom Waldweg ab, durchs Unterholz, zwei, drei Minuten vielleicht, Jürgen hat nie nachgezählt, es könnte auch eine Viertelstunde sein, dann erreicht man die Lichtung. Wie oft ist er schon hier gewesen? Viele Male in seiner Kindheit, mit seinen Eltern, noch als Jugendlicher, heimlich, später nie wieder. Dies ist das erste Mal seit langem. Den Weg findet er trotzdem blind, er nimmt die richtigen Abzweigungen, wie im Schlaf, erkennt die alte Eiche wieder, bei der man sich nach links wendet. Vor dem kleinen Holzkreuz ohne Namen - ein Wunder, dass es nicht schon längst verfault ist - geht Jürgen in die Hocke. Seine Mutter hat es nach dem ersten Prozess gegen Hoffmann aufstellen lassen, obwohl der Verdacht, dass Ulrike an dieser Stelle ermordet und begraben wurde, sich als haltlos erwiesen hatte. Es war am Ende egal gewesen. Jürgens Mutter wollte einfach nur einen Ort, wo sie hingehen und an Ulrike denken konnte; etwas zum Festhalten, weil sie diesen Zustand der Ungewissheit nicht mehr ertragen hat. Die Wahrheit spielte nur eine untergeordnete Rolle. Der Gedanke, Ulrike läge hier irgendwo oder hätte zumindest hier die letzten Momente ihres Lebens verbracht, half Jürgens Eltern und vor allem seiner Mutter, über die Verzweiflung und den Schmerz hinwegzukommen. Das war Grund genug, so zu tun, als entspreche die Vorstellung der Wirklichkeit.

Das Kreuz ist vom Gras überwachsen, davor liegt Ted, der Teddybär, Ulrikes Lieblingsspielzeug, der sich inzwischen seltsam aufgebläht und grau verfärbt hat; er würde auseinanderfallen, schon bei der geringsten Berührung, Jürgen will ihn lieber nicht anfassen. Die Budapest-Reise und die ganze Aufregung haben Jürgen doch mehr mitgenommen, als er gedacht hatte. Inzwischen achtet er auch gar nicht mehr auf

Hofer und den Kameramann, die ihm bis hierher gefolgt sind, oder darauf, was er sagt. Die Fragen, die ihm gestellt werden, sind ihm ja alle schon oft durch den Kopf gegangen, fast ist es so, als rede er mit sich selbst. Über das, was ihm seine Schwester bedeutet. Die Enttäuschung, dass Frau Ligeti nicht Ulrike ist. Die Wut auf seine Eltern, das Verständnis, das er im Nachhinein für sie entwickelt hat.

Es ist düster geworden. Jürgen sieht jetzt ganz klar zwei Ulrikes vor sich, hier in der Lichtung: die Ulrike, die ermordet wurde, sechs Jahre alt, Sommersprossen, Stupsnase, und die Ulrike, die entführt wurde, 44 Jahre alt, Pferdeschwanz, mit Frau Ligetis Brille und Mamas Augen. Beide Ulrikes schauen ernst und bewegen sich nicht. Jürgen könnte nicht sagen, welche Möglichkeit wahrscheinlicher und welche Ulrike damit die wirkliche wäre. Hier, in der Lichtung, stehen zwei Ulrikes, und beide sind real, auch wenn Jürgen letzten Endes das sechsjährige Mädchen, das ermordet wurde, lieber ist. Und merkwürdig. Er sieht seine Mutter zweimal vor sich. Einmal, als sie noch nicht Krebs hatte, sie ist vielleicht 55, das Gesicht nicht mehr so straff, Doppelkinn; und dann so, wie sie jetzt aussähe, würde sie noch leben, weißhaarig, faltig, etwas gebückt, als hätte es jene Frau nie gegeben, die durch die Chemotherapie ihr Haar verlor und die immer dünner und am Ende federleicht wurde, obwohl sie doch ihr Leben lang gegen ihr Übergewicht gekämpft hat.

An einem Abend in drei Monaten werden er, Monika, Clara und sein Vater, ja, auch sein Vater, bei ihnen zu Hause im Wohnzimmer den Film über ihn, Jürgen, ansehen. Sie sitzen auf dem Sofa, Clara auf dem Schoß von Jürgens Vater. Sie essen Chips.

SPUK

PLÖTZLICH ist Jürgen mit Herzrasen aus einem sehr intensiven Traum erwacht, lediglich das unbestimmte Gefühl ist zurückgeblieben, dass es sich um etwas von Bedeutung, etwas Wichtiges gehandelt hat – ohne aber dass sich Jürgen an Einzelheiten erinnert. Vor vielleicht einer halben Minute war er im Schlaf noch ganz darin gefangen; nun ist da einfach nichts mehr in seinem Gedächtnis. Verschlafen greift er, wie immer werktags, nach rechts, nach dem Wecker, 6 Uhr 29, schaltet ihn aus, nein: Er hat ihn *ein*geschaltet, weißes Rauschen begrüßt ihn aus dem Radio.
Im Badezimmerspiegel steht er vor dem Waschbecken seinem Vater gegenüber. Wann ist ihm das zum ersten Mal aufgefallen? Noch immer ist er völlig überrascht von dieser Ähnlichkeit mit den Fotos von seinem Vater aus der Zeit, als der Jürgens Alter hatte. Dieselben grauen Stellen an den Schläfen, die beiden Furchen um die Mundwinkel, die Jürgen früher nie gehabt hat und die erst im Laufe der vergangenen zwei Jahre hervorgetreten sind, auch sein Körpergeruch, bildet sich Jürgen ein, ist der seines Vaters. Bei den letzten Besuchen im Krankenhaus, kurz vor dem zweiten, dem tödlichen Schlaganfall, war, bei jeder Bewegung im Bett, von der Decke ein starker Körpergeruch hervorgedrungen; Jürgens Vater hatte nur einen Kittel getragen, sonst nichts, ein fast nackter alter Mann.
Die Armbanduhr auf der Ablage vor dem Spiegel zeigt 6 Uhr 37, Jürgen beeilt sich, dreht das Wasser auf.
Im Flur geht er nicht die Treppe hinunter ins Esszimmer, sondern an dessen Ende, obwohl er im selben Moment weiß, dass er das nicht tun sollte – es wird ihm wieder den Hals zuschnüren –, etwas zieht ihn dorthin, seine Beine bewegen sich wie von selbst.
In Claras leerem Zimmer spürt er ihn dann, noch während er die Tür öffnet, den Stich in der Herzgegend, es ist, als rutsch-

ten Jürgen die Stirn, die Wangen, die Nase herunter, als zerliefe sein Gesicht; schnell schließt er die Tür, er hält das nicht aus.
Im Schlafzimmer fällt sein Blick wieder, automatisch, auf den Wecker, 6 Uhr 52. Er zieht sich an, durch die Rollladenspalten ist schon wieder dieser strahlend blaue Sommermorgenhimmel zu sehen, es wird noch einmal so heiß werden wie gestern, Jürgen lässt sich quer auf das leere Doppelbett fallen. Er hält das nicht aus.
Er schlüpft aus der Jeans und unter die Decke und versucht trotz des seltsamen Gefühls im Gesicht wieder einzuschlafen.

„WIE HEISST die Hauptstadt Äthiopiens?" Der Moderator trägt einen zitronenfarbenen Anzug.
Jürgen ruft: „Addis Adeba!"
Die Hände der drei Kandidaten ruhen auf den pilzförmigen Knöpfen vor ihnen, die ihnen bis zur Hüfte reichen. An ihren Gesichtern kann Jürgen ablesen, wie sie angestrengt überlegen. Keiner drückt.
Das rehäugige Zeichentrickfilmkind, ein Junge?, ein Mädchen?, ruft: „Sieh dich vor, Akiko!" Das Kind rennt einen Gang entlang. Sich duckend, überschlagend, im Zickzackkurs weicht es den grünen Laserstrahlen aus, mit denen auf es geschossen wird.
Ein getigertes Kätzchen greift mit den Vorderpfoten nach dem ihm hingestreckten Zeigefinger.
Ein leerer Balkon eines Schlosses, eines Palais, was auch immer. „... wird das Königspaar hinaustreten und das Volk grüßen", erklärt eine sonore Männerstimme.

Jack Lemmon zieht eine Grimasse und fragt seine Frau, Freundin, Bekannte: „Meinst du, du kannst laufen?“ Sie befinden sich in einem Park. Jürgen fällt es wieder ein, der Central Park, Jack Lemmon ist auf Geschäftsreise in New York und tritt in so ziemlich jeden Fettnapf, der sich ihm darbietet. Vor Jahren haben Monika und er diesen Film zusammen angeschaut, nur den Anfang, sie mussten dann weg. Monika hatte immer wieder davon gesprochen, dass sie gern wissen würde, wie das mit Jack Lemmon ausgeht, was für ein Zufall, Jürgen dreht sich im Bett zur Seite und weiß, noch während er „Moni, das ist doch dieser Film“ sagt, dass sie ja gar nicht da ist, dass sie ja gar nicht mehr da ist, er ist so was von bescheuert.
Er wird die Anstellung in diesem Bilderbuch-Wellness-Center in Prien am Chiemsee annehmen. Poninger, sein Chef, hat gesagt, er habe da Kontakte, man suche noch einen Physiotherapeuten mit seinem Profil, er könne da was drehen, wenn Jürgen wolle; ob Poninger wieder mal einen auf dicke Hose macht, wie es sonst seine Art ist, lässt sich nur schwer einschätzen. Doch es ist beruhigend zu wissen, dass sich Poninger seiner annimmt, dass da jemand die Zeit aufbringt, Jürgen Tipps zu geben. Er hat sich zwar die ganzen letzten Tage nicht dazu durchringen können, zuzusagen; aber jetzt entscheidet er das einfach einmal so. Er muss aus diesem Haus raus, weg aus Pasing, sonst wird er nie neu anfangen können und immer weiter dieses elende alte Leben führen, das doch eigentlich schon längst zu Ende ist. Bevor es Clara gab, wollte er lange als Physiotherapeut in einem Luxushotel arbeiten, an der Ostsee oder im Voralpenland. In einer schönen Landschaft. Auch jetzt reizt ihn die Vorstellung; aber er schreckt vor all den Anstrengungen zurück, die das kosten würde: sich erst einmal umhören – es müsste etwas in der Nähe von Mün-

chen sein, so dass er weiter in Claras Nähe wäre –, dann Vorstellungsgespräche, womöglich Absagen.

Er wird in den sauren Apfel beißen und noch einmal, ein letztes Mal, in die Praxis gehen, um das Pipapo mit Poninger zu besprechen; ja, wenn er die Stelle wirklich haben möchte, ist es besser, er macht das nicht telefonisch, sondern kreuzt dort persönlich auf. Er hat ja noch öfter in den sechs Wochen seines Jahresurlaubs, den er sich nach der Trennung von Monika am Stück genommen hat, und auch danach, als ihm Poninger seine alte Stelle für einen weiteren Monat freihielt – er verliere nur ungern einen so qualifizierten Mitarbeiter, blablabla –, in den Mittagspausen in der Praxis vorbeigeschaut; hin und wieder hatte er sich mit den anderen zum Volleyballspielen getroffen. Und obwohl sich ihm gegenüber alle eigentlich so benahmen wie immer, ja, fast schon so, als sei überhaupt nichts geschehen, hat er sich ab dem Punkt, an dem ihm plötzlich am Mittagstisch ein ihm Unbekannter mit blondiertem Haar, Ende 20, gegenübersaß, der, wie sich dann herausstellte, sein zwischenzeitlicher Ersatz war und sich mit ihm über seine, also eigentlich Jürgens, Patienten unterhielt, buchstäblich fehl am Platz gefühlt. Beim nächsten, letzten Treffen mit seinen Kollegen kam es ihm dann so vor, noch während er mit ihnen redete, als bewegten sich seine Lippen von allein und nickten seine Gesprächspartner, während sie aber eigentlich ins Leere schauten: Für sie war er bereits nicht mehr da. Er hätte auch ebenso gut nicht mit ihnen zusammensitzen können. Es hätte keinen Unterschied gemacht. Als er Dieter darauf ansprach, ob sich etwas verändert habe, und Dieter das lachend verneinte, er hatte einen regelrechten Lachkrampf, hatte Jürgen die Situation – wie nach einem schnellen Zoom zurück, aus weiter Entfernung, er ganz klein, Dieter ihm am Tisch gegenüber – überblickt, er war erleichtert; seine Paranoia von wegen: Alle sind gegen mich, war tatsächlich vollkommen unbegründet gewesen. Doch am Abend im Haus war er sich dann nicht mehr so sicher gewesen. Zugleich ärgerte er sich schon wieder über sich selbst, dass er sich so gehenließ und zu spinnen anfing. Zum Mittagessen mit den anderen und zum Volleyball ging er seitdem nicht mehr.

Das getigerte Kätzchen verfolgt mit gerecktem Kopf die Armbewegungen des Moderators oder des Studiogasts, die dieser beim Gespräch mit dem Studiogast oder dem Moderator macht. Jürgen sagt mit französischem Akzent: „Das iest abär ain nättäs Kätzlain“ und erschrickt vor sich selbst, wie er so daliegt, in Unterhose, seine nackten Beine mit den weißen Haaren, hat er das gerade wirklich gesagt? Es ist einfach so aus ihm herausgekommen.

Er steht auf und geht durch das Haus. Meister Praticks Beruhigungstipps würden nichts helfen, er könnte das doch jetzt gar nicht, wie hat er sie all die Jahre regelmäßig befolgen können? Wenn er sich sich selbst im Schneidersitz mit geschlossenen Augen vorstellt, sieht er einen fremden Mann vor sich und schämt sich für ihn, so wie er sich manchmal für peinliche Wettkandidaten im Fernsehen schämt. Es ist ein Kribbeln im Bauch, der Reflex wegzuschauen – und trotzdem die Neugier zu erfahren, was weiter geschieht. Er versucht im Kopf auszurechnen, wie viel Zeit er eigentlich noch so zu leben hat, also genau, wie viele Tage, Stunden, Minuten. Wenn er ungefähr 80 wird, hat er noch 40 Jahre, macht 14600 Tage, weiter kommt er nicht. Er weiß nicht, wie viel Zeit ihm noch bleibt, weil er zu dumm zum Rechnen und zu faul dazu ist, den Taschenrechner vom Schreibtisch zu holen.

„Du Vollidiot“, sagt er, seine Schritte haben sich beschleunigt, er atmet, und er mag das nicht, wie er atmet, das Geräusch, er riecht seinen Schweiß, und er erträgt den Geruch nicht. Er glaubt jetzt, Monika zu verstehen, für Momente hat er sich selbst mit ihren Augen gesehen. An solchen Sachen musste es wohl gelegen haben, auch wenn bei all den endlosen Diskussionen nie herausgekommen war, was genau es gewesen war. Als er zum x-ten Mal meinte, er ändere sich, ganz einfach, er könne ja Kompromisse machen, das wisse sie doch, hatte sie immer nur stur „Nein" gesagt; und durch die Art, wie sie den Kopf schüttelte, war ihm bewusst geworden, dass es zu spät war, dass es nicht nur beim ersten Mal, als sie von den Problemen zu sprechen anfing, zu spät gewesen war, sondern wahrscheinlich schon die Wochen davor, als sie noch immer ihren Alltag lebten, zu dritt beim Abendessen saßen, wie immer, er von der Arbeit erzählte, wie immer – was sie, wie er mittlerweile weiß, „auf den Tod" nicht leiden konnte –, als sie noch nebeneinander im selben Bett schliefen, als sei nichts; dass er machen konnte, was er wollte, dass er theoretisch auch so sein konnte wie Gustav Heinze, all die Sachen sagen und tun konnte, die sie nun an diesem so, ja, liebte – Jürgen hätte sie trotzdem nie wieder dazu bewegen können, ihn mit diesem Blick anzusehen, mit dem sie ihn früher hin und wieder angeschaut hatte, mit diesem Glänzen in ihren Augen, und die Sätze zu sagen, die sie ihm ab und zu ins Ohr geflüstert hatte; und wer weiß, möglicherweise hatte ihr verliebter Ausdruck, wenn sie in den letzten Jahren von der Arbeit kam, sogar nicht ihm, sondern Gustav Heinze gegolten. Es kam Jürgen bei den endlosen Diskussionen so vor, als sei diese Frau vor ihm eine Fremde, die nur zufällig das Aussehen Monikas besäße, ein Double, gegen das die andere Monika ausgetauscht worden war. Die *andere Monika* aber, seine Frau – das ist ihm in diesen letzten Wochen im Zusammenleben klargeworden, in denen er hoffte, es könne noch mal so sein wie früher, als sie einmal

für ein paar Tage verschwunden und dann wieder aufgetaucht war –, sie existierte nicht mehr.
Jürgen steht wie festgefroren vor dem Esstisch und ist für einen Moment perplex. Er hat gar nicht mitgekriegt, dass er den ganzen Weg vom Schlafzimmer durch den Flur, die Treppe runter, durchs Vestibül ins Esszimmer gegangen war, er war wieder völlig in diese Scheiße vertieft gewesen, die doch eigentlich längst hinter ihm liegt. Wie ein Schlafwandler schleicht er durchs Haus: ohne irgendwo anzustoßen, aber auch ohne irgendetwas um sich herum wahrzunehmen, blind; so oft ist er hier nachts, im Dunkeln, wenn er nicht schlafen konnte, auf und ab gelaufen, in Gedanken.
Im Schlafzimmer fragt der Moderator im zitronenfarbenen Anzug: „Wer war der erste Deutsche im Weltall?“
Eine junge Frau in knappem Top, Hotpants und mit bandagierten Händen schlägt sich mit einer anderen Frau, die einen Motorradhelm trägt, in einem Boxring, dabei singt sie.
Eine kalkweiße Kirche steht auf einem grasbewachsenen Hügel vor einer Bergkulisse, es sind die Alpen, Jürgen ist sich sicher, sie waren da schon einmal, bei einem Ausflug, ein sehr heißer Tag, in der Kirche ist es angenehm kühl gewesen.
Jürgen dreht sich schnell zur Seite, sagt: „Das ist doch in ...“.
Er hält inne.

JETZT STEHEN SIE im Türrahmen. Im grellen Licht zeichnen sich die Härchen auf Monikas glänzenden Armen ab. Wie jeden Sommer ist ihr Gesicht, sind ihre Arme mit Sommersprossen übersät, die dann im Herbst schlagartig wieder verschwinden. Clara ruft: „Papa!“ Jürgen umarmt sie, er flüstert: „Liebling“ und schaut dabei in Monikas Gesicht. Als er hinter dem Küchenfenster stand, auf den roten Kombi wartete und sich dabei vorkam, als habe er das alles schon einmal erlebt, nur aus einer anderen Perspektive, hatte er sich eigentlich vorgenommen, Monika hereinzubitten, um die Sache noch einmal zu besprechen.

Ob sich denn etwas ändere, wenn er nach Prien gehe, hat er sie dann vor der Tür gefragt, er gehe nach Prien, Poninger habe ihm eine Stelle in einem Wellness-Center vermittelt, die Bezahlung sei top, ob sie es nicht dort noch einmal versuchen wollen, zu dritt, *als Familie*, und er schaut dabei in Monikas Gesicht und merkt, dass er nicht mehr weiß, was sie denkt, er hat immer gedacht, er wisse, was sie denkt. Jetzt weiß er es nicht mehr. Er macht dieses Gesicht, den Ausdruck, der eigentlich ein typischer Monika-Ausdruck ist und den sie manchmal aufsetzt, wenn sie glücklich ist (blinzeln, grinsen, wie eine Inderin beim Reden mit dem Kopf wackeln). Jürgen hatte ihn irgendwann einmal von ihr übernommen; manchmal haben sie sich beide so gegenseitig, mit eben diesem Ausdruck, angeschaut; hat er ihn aufgesetzt, hat auch sie ihn aufgesetzt, automatisch.

Monika dreht sich schnell um, sagt: „Ich muss dann", sie hält es nicht aus, er hat plötzlich diesen Kloß im Hals, vielleicht wegen des Gefühls, dass die Situation hier etwas bedeutet, etwas Entscheidendes, ihn Betreffendes, Monika und Clara, eigentlich eine blöde Filmszene, das kann doch nicht gerade passieren, Monika sagt: „Tschüs, bis um fünf" – sagt sie das zu Clara oder zu ihm? Hat sie ihn die ganze Zeit überhaupt einmal angesehen? Der rote Kombi ist weggefahren, sie haben sich nicht berührt, nicht einmal die Hand gegeben, obwohl er noch immer ihre Arme mit den Sommersprossen, den Härchen vor Augen hat, die, das spürt er jetzt, weich und ein bisschen fettig von Sonnencreme sind.

Clara will nicht zu Hause Eis essen, sondern gleich in den Englischen Garten. Seit sie fest bei Monika und Gustav wohnt, scheint sie eine Art Scheu vor dem Haus zu empfinden. In ihrem ehemaligen Zimmer war sie, nachdem es ausgeräumt worden war, nur ein einziges Mal, glaubt Jürgen. Als sie dann in dem leeren und nun plötzlich hallenden Raum stand - winzig klein wirkte sie dabei auf Jürgen -, hatte sie ihn ungläubig und zugleich erschrocken angeschaut, ganz so, als sei gerade etwas Schlimmes geschehen. Jürgen erkennt sie schon seit längerem nicht wieder. Ab und zu schlägt sie wortlos gegen Gegenstände, mit einem Gesichtsausdruck voller Hass. Dann wieder ist sie noch bedürftiger nach Nähe und Berührungen als früher. Seit neuestem drückt sie ihn mit einer Kraft an sich, die er dem dünnen Mädchen nicht zugetraut hätte. Es kann zwar sein, dass Clara diese Stimmungsschwankungen und die anderen Sachen - diesen schelmischen Blick, ihr langgezogenes „Bitteeee", das „Weißte" nach jedem dritten Satz - auch schon vor der Trennung hatte und sie ihm erst jetzt auffallen, weil er besonders darauf achtet, ob sich etwas verändert; für Jürgen zeichnet sich hinter diesen neuen Gesten und Wörtern Claras aber vor allem - jetzt zum Beispiel, wenn sie dieses pseudocoole Elvis-Lächeln aufsetzt, nur den rechten Mundwinkel hat sie leicht nach oben gezogen - ein Phantom ab: Gustav Heinze.
Jürgen ist ihm nie wirklich begegnet. Erst als Jürgen Monika fragte, ob er denn ihren Neuen, dessen Namen sie ihm anfangs nicht nennen wollte, kenne, hatte sie gesagt, dass Jürgen ihm ihres Wissens tatsächlich einmal begegnet sei. Er habe sich sogar kurz mit ihm unterhalten, das wisse sie noch, es sei auf diesem Sommerfest der Bank gewesen. Sie hatten sich damals doch wegen Gustav, Gustav Heinze, so heiße er, nun sei es also raus, also wegen Gustav in die Haare gekriegt,

weil Jürgen meinte, sie habe den ganzen Abend bei ihm, also Gustav, gestanden und habe sich überhaupt nicht um Jürgen gekümmert, wisse er das nicht mehr? Aber so sehr sich Jürgen auch angestrengt hat, Einzelheiten, etwa das Aussehen Gustav Heinzes, waren in seinem Gedächtnis nicht vorhanden, lediglich ein verschwommener dunkelgrüner Fleck. Gustav Heinze hatte etwas Dunkelgrünes getragen. Selbst als Jürgen in einem der ersten Eifersuchtsanfälle auf der Homepage der Bank Gustav Heinze ins Gesicht blickte – er besaß eine gewisse Ähnlichkeit mit Jürgen: blond, die Furchen um den Mund –, war er sich sicher, dass er ihn noch nie vorher gesehen hatte. Anhand der kurzen Informationen unter dem Foto von Heinze war es nicht besonders schwer zu erkennen, dass dessen Lebenslauf in gewisser Weise genau das Gegenteil zu jenem Jürgens darstellte: kein Zickzackkurs, kein: mal dies, mal das; stattdessen: eine klare senkrechte Linie, so schien es Jürgen. Schnelles Passieren aller wichtiger Karrierestationen, wie sagt man?, *ergebnisorientiert*, einer, der weiß, was er will, und es auch bekommt.

Monika hatte bei jenem ersten Gespräch über Heinze sofort hinzugefügt, dass damals zwischen ihm und ihr noch nichts gewesen sei, im Traum habe sie nicht daran gedacht, dass so etwas geschehen könne, verzweifelt sei sie, das müsse Jürgen ihr doch glauben, sie habe das doch alles gewollt, das Leben mit Jürgen und Clara, das Haus hier, sonst hätte sie doch auch nie in die Hypothek eingewilligt; sie hatte alt werden wollen mit ihm, aber was soll sie tun: Es sei eben passiert, sie habe sich verliebt, was soll sie denn nur um Gottes willen tun? Jürgen glaubte ihr ihre Verzweiflung, sie spielte das nicht – dennoch hatte er den Verdacht gehabt, dass Monika mit diesem Heinze schon viel länger ein Parallelleben führte, als sie Jürgen und vielleicht auch sich selbst eingestehen wollte.

Als es schon beschlossene Sache war, dass Monika mit Clara ausziehen würde, war er an einem Vormittag extra aus der Praxis gekommen, um in Monikas Sachen nach Spuren von Gustav Heinze zu suchen – vorher hatte er noch sichergestellt, dass sich Monika in der Bank befand. Er hatte nichts mehr zu verlieren und sich mittlerweile schon dutzende Male, wie er meinte, vor Monika erniedrigt, zuerst wütend herumschreiend, schließlich vor ihr niederkniend und sie anbettelnd, doch bitte nicht zu gehen, er ertrage das nicht, woraufhin auch sie, weinend, in die Knie gegangen war: Monika sollte nicht merken, dass er tatsächlich schon so tief gesunken war und ihre Sachen durchsuchte. Ihr schwarzer Kalender des laufenden Jahres lag dann erstaunlicherweise an seinem gewohnten Platz, in der Schublade in ihrem Schreibtisch – fast so, als wäre es ihr völlig gleichgültig, ob Jürgen ihn finden würde. Was er dann darin las, ließ ihn schwindeln, immer hastiger blätterte er die Seiten um, auf denen dann doch immer nur dasselbe stand: keine Notizen über Erlebnisse, Gedanken, Träume, wie in Jürgens Tagebuch für Ulrike; stattdessen: Uhrzeiten, Namen, Termine, dazwischen manchmal „C.", wenn Monika Clara abholen sollte, oft „G.". Jürgen hätte nur die Tage durchgehen müssen, und er wäre im Bilde gewesen, wann und wo Monika ihn mit Gustav Heinze betrogen hatte. Nicht Jürgens Erinnerungen an die gemeinsame Zeit waren die Wahrheit; die Wahrheit stand hier, schwarz auf weiß, in einem kleinen Kalender. Und trotzdem. Waren deshalb all die schönen Momente, die er mit Monika erlebt hatte, bei denen auch sie lachte und glücklich war, im Nachhinein unwirksam? Jürgen hatte noch ein wenig mit dem Buch in der Hand dagestanden, unschlüssig, ob er sie damit konfrontieren sollte – dann hatte er es wieder zurück in die Schublade gelegt, Monika hatte er nie etwas davon erzählt.

Clara ist heute entgegen seinen Befürchtungen bester Laune. Sie tippelt neben ihm her, gestikuliert, redet, nein, quasselt richtig drauflos; und obwohl sie Jürgen wieder einmal Namen an den Kopf wirft, als ob er mit diesen vertraut wäre, in Wirklichkeit hat er sie höchstens nur einmal beiläufig gehört – wer ist Gretel? Sieglinde? Und wer bitte ist Puck? Heißen Kinder heute so? Außerdem dachte er, ihre beste Freundin sei Stefanie –, wünscht er sich, dass der Weg zur S-Bahn, diese zehn Minuten nicht vergehen und dass Clara wenigstens diese Momente der Unbeschwertheit erhalten bleiben, für immer elf, Clara soll für immer elf bleiben; natürlich wird sie diese Unbeschwertheit verlieren.
Ein, zwei Wochen nach der Trennung hatte Jürgen noch im Auto vor der Schule gestanden, auf einem Parkplatz, auf dem Clara oder Monika ihn nur schwer entdecken würden, einfach so, um zu sehen, dass Clara O.K. ist, dass sich Monika gut um sie kümmert. Seine alte Angst, dass Clara etwas zustoßen könnte, war in dieser Zeit übermächtig geworden. Außerdem hoffte er, dass Monika nicht erscheinen würde. Dann hätte er einen Grund gehabt, sie, ja, zu hassen. Doch jedes Mal wartete sie zwar abgehetzt, nichtsdestotrotz pünktlich am Schulausgang. Und als er das eine Mal, das sie nicht kam, ausstieg, zu Clara rannte, die unruhig auf dem Pausenhof hin und her ging, und vielleicht ein bisschen zu plötzlich hinter ihr gestanden hatte – Clara hatte sich umgedreht und ihn entgeistert angeblickt, sie hatte richtig Angst vor ihm gehabt –, da sah er seine Observierungsaktionen, das Im-Auto-Warten, das Zu-Clara-Spurten mit einem Schlag noch einmal und sozusagen aus einer anderen Perspektive, mit den Augen eines Fremden. Wie ein Getriebener musste er auf Außenstehende wirken, wie ein Krimineller, er hatte sich geschämt.

Ihm ist, wie er jetzt so neben Clara auf dem Gehweg in der Sonne denkt, von da an klar gewesen, dass es eigentlich ausreicht zu wissen, dass mit Clara alles in Ordnung ist; er muss das nicht ständig überprüfen. Er bildet sich sogar ein, dass er es spüren kann, dass sie am Leben ist – es ist ein Gefühl zwischen den Schulterblättern –, zwar nicht mehr im Zimmer nebenan, aber ein paar Kilometer entfernt, die genaue Adresse wollte Monika ihm vorerst nicht geben. Trotzdem war er hin und wieder bei der Schule aufgetaucht. Er konnte das nicht abstellen.
Jürgen ist zusammengezuckt. Clara hat seinen Arm ergriffen und „Halt! Stopp!" gerufen. Sie stehen an der roten Ampel vor der S-Bahn-Haltestelle.

ES SIND STRÖME aus bunt gekleideten Menschen, mit Waren voll bepackten handgezogenen Karren, Rikschas, Tieren, die sich in einer steten gemächlichen Bewegung ineinanderverknoten, in einem Punkt, im Zentrum der Kreuzung eins werden, bevor sie wieder in die vier, fünf Straßen auf den Seiten auseinander- und weiterfließen. Dazu Gemurmel, vereinzelt Schreie, Klingeln, wildes Hupen. Die Kamera muss am Dachstuhl eines Gebäudes oder an einem Laternenpfahl angebracht sein, sie bietet einen nahezu perfekten Überblick über das Geschehen. Das alles wird angeblich live gesendet oder kommt durch die Übertragung lediglich um ein paar Sekunden verzögert in Deutschland an. Wissen die Menschen, dass sie gerade gefilmt werden? In der rechten unteren Ecke des Bildes bricht sich die grelle Nachmittagssonne. Ein Strahlenkranz.
Vielleicht eine halbe Stunde schaut Jürgen nun schon das

Nachtprogramm des Dritten, bei dem er beim Zappen hängengeblieben ist. Er war zwar nie in Delhi, meint aber, die scharfen Gerüche, die schwüle Hitze, hier, in seinem Bett, spüren zu können.

In der Mitte der Kreuzung, in all diesem Chaos, bewegt sich eine kleine weißgekleidete Gestalt flink hin und her, ein Polizist. Mit einem Stock schlägt er auf die Passanten und Tiere ein, treibt sie an.

„ICH DENKE mir immer: Er hätte ja auch etwas sagen können. Wenn es ihn so belastet hat. Stattdessen hat er es, ich sage mal, weggesteckt. Wenn er es also, sage ich, nicht sofort zur Anzeige bringt, sondern zwei Jahre wegsteckt, dann kann man sie vielleicht für das, was sie ganz am Anfang getan hat, anklagen. Aber doch nicht für das, was sie die restlichen zwei Jahre dann getan hat, sage ich mal."

Warum nimmt man Schauspieler, die so tun, als sei das alles echt?, denkt Jürgen. Warum nicht gleich sagen, dass das gestellt ist, wo es doch für jeden offensichtlich ist.

Richter Stoß hört weiter geduldig, die goldene Halbbrille ganz weit vorn auf der Nase, dem Zeugen im Hawaii-Hemd zu. Jürgen ist unkonzentriert. Seit er die meiste Zeit zu Hause verbringt und sich kaum noch bewegt – er hat aufgehört zu trainieren, die Maschinen stehen seit Wochen unbenutzt im Keller, fassungslos hat er vor ein paar Tagen an sich herabgeschaut: Sein über die Jahre mühsam in Schuss gehaltener Waschbrettbauch hat sich innerhalb weniger Monate in einen kleinen Sack verwandelt, der absteht, als gehörte er nicht zum restlichen Körper –, hat er immer öfter beim Fernsehen, wenn gerade wie jetzt nichts kommt, sein altes Spiel gespielt, den Schnellvorlauf. Dabei denkt er aber nicht etwa an Prien. Was ihn in immer neuen Anläufen beschäftigt, ist dieser Ort in Indien, Auroville: Er fliegt dorthin zurück, vorläufig für einen Monat, um zu sehen, wie es läuft, er sitzt wieder in einem der Gärten mit den anderen Schülern aus den USA, England, Japan, meditiert, Arbeit am Gemüsebeet, Obsternte, es gefällt ihm dort, er verlängert auf unbestimmte Zeit, wird Teil des Klinikstamms als Physiotherapeut, sein alter Lehrer, Meister Pratick, ist noch da, er freut sich, Jürgen wiederzusehen, Jürgen beendet seine Ausbildung zum Savwam, Meister Pratick stirbt, Jürgen übernimmt dessen Posten, er ist mittlerweile zwei Jahre in Auroville, führt ein einfaches, aber glückliches Leben, einmal die Woche fährt er im Sammelbus auf Sandwegen ins Zentrum, die goldene Kuppel Matrimandirs, die Touristen, die die Bewohner Aurovilles wie Zootiere ansehen, die Stille in den Parks dort, das Rauschen der Bäume, im Meditationsraum gelingt es ihm, jedes Mal ein Stückchen weiter ins Brahmsud vorzudringen, es ist wie eine Nebelwand, der er sich auf den grünen Meditationsteppichen im Schneidersitz zusammen mit den anderen Bewohnern Aurovilles nähert, die restlichen Tage des Monats gehen sie wie er ihrem Alltag nach, tatsächlich jedoch befinden sich manche von ihnen hinter, manche in weiter Entfernung, einige in der Nebelwand, wenn er mit ihnen spricht, wenn er sie massiert, als Savwam bildet er selbst aus, ein Student aus Deutschland, Tobias Wiedling, wird sein Lieblingsschüler, er erkennt sich in ihm wieder, die Vatergefühle, die er jahrelang unterdrückte, weil er Clara nur mehr einmal im Jahr sah (solche Wiedersehen sind nur schmerzhaft für beide Seiten, längst hat sie Gustav Heinze als ihren Vater angenommen), nun kehren sie wieder, den Bewohnern von Auroville gelingt es zwar nie, sich ohne Spenden zu finanzieren und ohne Entbehrungen zu leben, zum immer wieder prophezeiten Zusammenbruch kommt es aber dennoch nicht, Jürgen hilft, die Klinik auszubauen, in die bald auch viele Patienten aus Pondicherry kommen, so vergeht die Zeit, kurz bevor er stirbt, gelingt es ihm, hinter die Nebelwand vorzustoßen, auf dem Totenbett, an dessen Seite Tobias Wiedling ausharrt, schließt er die Augen ohne Angst, weil er die Gewissheit besitzt, dass der Ort, an dem er sich gleich befinden wird, hinter der Nebelwand, unbeschreibliche Glückseligkeit verheißt. Nein, er kehrt nach knapp einem Jahr aus Auroville nach München zurück, Meister Pratick hat ihm neue, im Westen noch nicht bekannte Massagetechniken beigebracht, insbesondere das Ertasten des Zentrums des physischen wie seelischen Schmerzes, wenige Millimeter unter der Haut, dies lässt sich nun, zu Hause, in klingende Münze umsetzen, Jürgen steigt zunächst in der Hierarchie der Klinik auf, gibt nebenher Fortbildungen, verdient gut, eröffnet schließlich eine eigene Praxis, Clara jobbt bei ihm, studiert Medizin, wird Orthopädin, wozu er damals als Student zunächst keine Lust und dann, später, zu spät, keine Energie gehabt hatte, bald führen sie erfolgreich gemeinsam ein Rehazentrum am Chiemsee, der Blick auf die Berge verzaubert Jürgen noch im Alter, auch wenn er es inzwischen nicht mehr auf die umliegenden Gipfel schafft, er ist eine europäische Koryphäe auf seinem Gebiet, mit Monika hat er sich längst ausgesöhnt, oft spielen seine Enkel im riesigen Garten des alten Bauernhofs, den er erwarb, bauen Schneemänner. Nein, besser, Meister Pratick hat ihm in Auroville einige dieser Tricks beigebracht, von denen sie sich dort immer wieder erzählten, keiner von ihnen hat sie jedoch je angewandt gesehen: Wie man ohne Nahrung lebt, wie man levitiert, wie man heilt, durch bloßes Handauflegen, Jürgen kann das jetzt alles, er beschließt, damit kein Geld zu verdienen und *nicht* nach Deutschland zurückzukehren, er wandert, durch Indien, nach China, Tibet, wird legendär, die Einwohner der Dörfer flüstern ehrfürchtig seinen Namen, „Joggi“.

Nein.

Das ist alles Unfug.

Er hatte sich bereits damals in Auroville etwas vorgemacht und danach die Erinnerung an Indien verklärt, er sieht das jetzt im Rückblick ganz klar, auch wegen der Berichte im Internet, die er seitdem über Auroville gelesen hat. Würde er dorthin zurückkehren, würden nach kürzester Zeit dieselben Probleme auftreten, die er vor über 15 Jahren nur deshalb ertrug, weil er wusste, dass er nach zwei Monaten abreisen würde, und weil er sich an einen überaus freundlichen und in seiner Selbstlosigkeit bewundernswerten alten Mann geklammert hatte, den er naiverweise zu seinem Retter, ja, einem Heiligen stilisierte. Daneben: kaum Menschen, mit denen er sich versteht; die Umsetzung der Idee einer universalen Stadt, in der es kein Geld gibt und nur getauscht wird: gescheitert, da die meisten Bewohner an der Armutsgrenze leben, eine Verwaltung, bei der er immer den Verdacht hat, dass sie die ausländischen Touristen ausnutzt. Das Essen, das Klima. Er kann nicht zurück nach Indien, das ist ein Irrweg, er hatte ein paar gute Wochen dort, das schon – aber er sollte aufhören, die Vergangenheit zu verklären. Würde er das nicht ständig tun, wäre auch das mit Monika nie passiert. Er hätte viel früher darauf beharren müssen, dass sie ihm endlich sagt, warum sie damals abhaute, sich der Wahrheit stellen: dass sie nicht glücklich war mit ihm und überhaupt. Stattdessen geilte er sich an den Zufällen in ihrer beider Leben auf und an Luftschlössern, zum Beispiel seinem Lieblingsprojekt, dem Haus in Pasing. Und jetzt? Es ist schon ein

schmaler Grat, auf den er da geraten ist: Nicht nur die Version der Vergangenheit, an die er immer glaubte, kann sich innerhalb von Sekunden, bei näherer Betrachtung, als Fiktion herausstellen – auch die Gegenwart, wie er gerade hier so herumliegt: Schon morgen wird ihm das, wenn er es sich ins Gedächtnis ruft, seltsam unwirklich vorkommen.
Der Mann im Hawaii-Hemd verschränkt die Arme. Durch das verdunkelte Fenster des Schlafzimmers dröhnt ein Flugzeug. Seit wann liegt das Gebiet hier in einer Flugschneise?

„AND HERE we are in a chamber in the basement. If you look above you will find a hole in the ceiling."
Die Besucher haben den Kopf gereckt. Jürgen haucht in die Hände, es ist eiskalt im Schloss. Die Führerin mit dem starken deutschen Akzent – bis zur nächsten Tour auf Deutsch hätte Jürgen über eine Stunde warten müssen – ist eingemummt in eine Tunika, Handschuhe und einen bodenlangen schwarzen Mantel, um ihren Kopf trägt sie eine seltsame Konstruktion aus Hut, Turban und Kopftuch. Im Park waren die Brunnen ausgelassen. Aus den weißen Plastikabdeckungen in ihrer Mitte ragten hin und wieder der Arm, Dreizack oder der Kopf einer Figur aus grün-grauem Stein. In Prien hat sich Jürgen, nachdem er viel schneller als gedacht eine geeignete Wohnung in der Nähe des Wellness-Centers gefunden und noch keine Lust gehabt hat, wieder zurück nach München zu fahren, einfach der Prozession aus Touristen angeschlossen, um den Weg zur Anlegestelle des Chiemseedampfers zu finden. Auf Schildern war die Dauer der Strecke vom Zentrum der Stadt bis zum Ufer des Sees mit einer halben Stunde angegeben. Als er den Weg in zehn Minuten

zurückgelegt hatte, fragte sich Jürgen, welchen Menschentyp das grüne Wanderermännlein auf dem Schild bezeichnen sollte, einen Senior? Ein Kind? Einen Zwerg? Auf der Insel folgte Jürgen dann nur den Kutschen, um, durch Wäldchen, über Wiesen, zum Schloss zu gelangen.

„You recognize the hole in the king's dining-room we saw before? It is the very same. The table you see in front of you can be heaved upwards through a complicated mechanism. The king who is also called the fairy-king today was obviously inspired here by an old German folk tale by the Grimm brothers, called *Tischlein-deck-dich*."

Die Stimme der Führerin klingt emotionslos, sie spricht sehr rasch.

„But there was a simple but crucial mistake in the king's equation. The castle does not own a kitchen. So the king's food would have to be brought to the castle by a carrier from a different building." Eine Frau lacht. „One also has to add that the king never had the chance to enjoy the pleasures of his own invention. He visited Herrenchiemsee only very few times when it still was under construction. As a matter of fact, after the king's death it has remained in this incomplete state."

SEIN STEISSBEIN, auf das er tags zuvor gefallen ist, als er sich in einer Pause beim Packen für den Umzug nach Prien auf den schon längst zusammen mit den meisten anderen Möbeln ins Vestibül gestellten Esszimmerstuhl setzen wollte, schmerzt jetzt, im Zug, noch immer. Ohne das in irgendeiner Weise geplant zu haben, hatte Jürgen am Vormittag plötzlich den Fernseher ausgeschaltet, hatte sich Kleidung für vier

Tage – warum vier? – in die Reisetasche legen sehen, den Telefonhörer abheben. Monikas Stimme beim Telefonat, in dem er ihr mitteilte, er verreise die Woche – wohin, hat er nicht gesagt –, hat ihm zum ersten Mal nichts ausgemacht. Als hätten sie sich schon vor Jahren getrennt.

Im Bahnhof schlendert er wie zielsicher, eigentlich aber vollkommen zufällig, zum Gleis mit der Nummer acht, ohne vorher eine Karte gelöst zu haben. Erst im Zug sieht er den Zielbahnhof angezeigt, Bremen, wählt auf seinem Handy Andreas Nummer, die er noch immer auswendig weiß, oder besser: deren Tastenkombination seine Finger drücken, ohne dass er dabei nachdenken muss. Wenige Stunden später dann sitzt er tatsächlich in einem im Stil eines amerikanischen Landhauses eingerichteten Wohnzimmer neben Andrea, die er nicht wiedererkannt hätte – sah Monika mittlerweile auch schon so alt aus, oder war es ihm nur aus Gewohnheit nicht aufgefallen? Andrea, die sich offensichtlich freute, dass er, wie er ihr gesagt hatte, zufällig auf seiner „Schulung in Paderborn ein Zeitfenster“ habe, erzählt von ihrem früheren Job bei dieser TV-Produktionsgesellschaft, wo Jürgen sie, immer wenn er in den letzten Jahren an sie dachte, vor einem Computer sitzen gesehen hat. Wie sich jetzt herausstellte, arbeitet sie schon lange nicht mehr, wegen ihres kleinen Sohnes, Nils. Die ganze Zeit über hat Jürgen das starke Gefühl, eigentlich sei *er* Andreas Mann (der wahrscheinlich nie etwas von Jürgens Besuch erfahren wird; Andrea sagt, vielleicht nicht ohne Hintergedanken, er sei gerade in „der Kanzlei“, dieses Treffen findet gar nicht statt), Nils sei *sein*, Jürgens, Sohn, das hier *sein* Sofa.

Dann abends in der Disco beim Gespräch mit einer im Halbdunkel kaum erkennbaren Frau am Tresen: Bilder eines Lebens, das er theoretisch hätte führen können oder das sofort beginnen könnte, er bräuchte dazu nur einen, den entscheidenden Schritt zu machen. Sie beugen sich wegen der Musik ganz nah zueinander. Er betrachtet, während sie sehr laut spricht, die Windungen ihrer Ohrmuschel. Er könnte mit ihr mitgehen, sie würde ein Kind bekommen, sie waren unvorsichtig. Sie macht es nicht weg, weil sie schon immer eines wollte, sie bleiben zusammen, zuerst aus Zweckdenken, dann lernen sie sich schätzen, als Senioren machen sie Kreuzfahrten, auf dem Nil, der Donau und so weiter.

Zwei Tage danach, bei einem Spaziergang in der Eiseskälte auf Rügen, die Kreidefelsen entlang, die sich in der Nachmittagssonne langsam rosa verfärben. Er könnte hier ein Haus kaufen – der Mann in der Touristeninformation sprach von fallenden Grundstückspreisen –, er eröffnet eine kleine Pension, isst viel Fisch, er legt einen Garten an, später kauft er sich ein Boot, fährt aufs Meer, die Gäste mögen ihn.

Wieder zu Hause, in seinem Bett, laufen die vergangenen drei, vier Monate, dann auch die Jahre mit Monika zeitrafferschnell vor seinem inneren Auge ab; und er kann zugleich das Leben in Prien sehen, wie es sein wird, wenn Clara tatsächlich, wie Monika ihm bei der Scheidung versprochen hatte, nach der ersten Klasse Gymnasium in München nächsten Sommer zu ihm ziehen sollte. Sie sitzen gemeinsam beim Essen, Clara entdeckt ihre Liebe zum Bergsteigen und Kanufahren, sie erzählt Jürgen von ihrem ersten Freund, fragt ihn um Rat, ihr strahlendes Gesicht. Und es ist seltsam. Die Bilder aus der Vergangenheit besitzen für ihn dieselbe Intensität wie jene Visionen eines anderen möglichen Lebens. Und obwohl er ja eigentlich, um die Sache klarzumachen, lediglich Monika anrufen oder Fotos von früher ansehen müsste, erscheint ihm die letzte Zeit als vollkommen unwirklich.

Als hätte es sie nie gegeben.

TÜREN, FENSTER

Auf den ersten Blick hat es für ihn den Anschein, die Postkarte, die da in seinem Fach im Center zwischen den üblichen Rechnungen und Werbesendungen steckte, stamme vom Gymnasium und betreffe Clara. Jürgen wollte die Karte schon ungelesen mitnehmen, um sie in ihr Zimmer zu legen, in letzter Zeit deponiert er dort alles, was mit ihr zu tun hat oder was sie interessieren könnte, Bücher, Prospekte, DVDs, obwohl sie erst in einem halben Jahr einzieht. Auch die elegant geschwungenen Wörter auf der Rückseite hat Jürgen anfangs für die typische Handschrift einer Lehrerin gehalten. Nein. Dafür klingen die Sätze zu wirr: Die Absenderin schreibt, sie sei „Illustratorin", arbeite an einem „Projekt", das „indirekt" mit ihm zu tun habe, sie habe seine Adresse aus dem Internet und bitte ihn, Kontakt mit ihr aufzunehmen, Cordula soundso, Berlin. Vielleicht etwas Betriebsinternes? Vorbereitungen für eine neue Marketingmaßnahme? Aber Marat, dem er auf dem Weg zum Schwimmbad die Karte zeigt, und auch später Svenja wissen nichts von einem anstehenden *Projekt*. Jürgen scheint als Einziger so eine Karte erhalten zu haben. Auf dem Bild sticht ein Detail heraus, das in ihm ein ungutes Gefühl auslöst. Dieser Glücksbringer an der Tasche des Mädchens. Der Teddybär.

Jürgen wirft die Karte in den Papierkorb und schiebt die Glastür zur Aqua-Area auf, von der ihm Chlorgeruch und die kräftige Stimme Tom Jones' entgegenschlagen, darüber, lauter, die Befehle Svenjas, des hübschen Schwimmgymnastik-Coachs. Eigentlich dürfte er hier gar nicht sein; nicht während der Arbeit und schon gar nicht, ohne sich vorher die Schuhe ausgezogen zu haben. Aber egal. Bisher hat keiner gemeckert, und er hält sich gerne hier auf, wenn er gerade in der Nähe ist und zwischen zwei Terminen ein Päuschen einlegen kann.

Es hat etwas Entspannendes, den verlangsamten Beinbewegungen der Patienten unter Wasser zuzusehen, wie sie den Hampelmann machen, auf der Stelle laufen; und nicht zu vergessen eben Svenja in ihrem grauen Badeanzug, die ihnen jede Übung am Beckenrand vorturnt. Jürgen kennt den Titel dieses Songs immer noch nicht, obwohl er ihn jetzt sicher schon über hundertmal gehört hat. Er kann sich so was einfach nicht merken.

SANFT UMFASSEN die beiden Hände sein Gesäß und tasten seinen Beckenknochen ab, treffen sich an seinem Kreuzbein und fahren langsam die Wirbelsäule entlang, drücken kurz und kraftvoll in den Zwischenraum zwischen seinen Rippen, so dass er, ohne dass er es steuern kann, stöhnen muss. Plötzlich und ohne Vorwarnung ist dann die erste Nadel in seinen Rücken, rechts, gesteckt worden, eine weitere links, noch eine, darunter. Jeder Einstich löst einen kurzen hellen Schmerz aus, mehr als bloß ein Pieks; unmittelbar danach spürt er die Nadeln gar nicht mehr, er könnte nicht einmal sagen, wo und wie viele der Dinger an ihm hängen. Den Kopf in der Gesichtsöffnung der Liege, kann er Dr. Matthes' Füße sehen, seine ungeschnittenen Zehennägel, Dr. Matthes ist barfuß, Jürgen war das beim einführenden Vortrag am Morgen, bei dem Dr. Matthes einen weißen Ärztekittel trug, nicht aufgefallen.
„Bitte Achtung: zuerst also insgesamt acht Nadeln in den Rücken in gleichmäßigem Abstand."
Auf dem Boden zeichnen sich die Schatten der anderen ab, die sich um die Liege versammelt haben. Für einen Moment bereut Jürgen es, nicht abgelehnt zu haben, als zu Beginn der

Fortbildung Dr. Matthes zur Demonstration der Akupunktur ihn als Probanden wählte. Er hat das Bild des mit rechteckigen Speckstückchen garnierten Hasen vor Augen, den es einmal in seiner Jugend bei seiner Großmutter zum Mittag gegeben hatte und bei dessen Anblick sein Vater plötzlich für den Rest des Nachmittags verstummt war. Jürgen hätte ihn fragen sollen, was dahintersteckt. Nicht oft, aber doch regelmäßig erinnert er sich an diese Episode, zum Beispiel, als er, damals noch im Haus in Pasing, eines Sonntags ins Esszimmer kam und ein Hasenrücken in einer Schale auf dem Tisch lag, Monika hatte dafür bestimmt den ganzen Vormittag in der Küche gestanden. Kein Wort hatte er während des Essens herausgebracht.

Dr. Matthes sagt: „Wenn Sie nun selbst ausprobieren wollen, wie das mit dem Einstich funktioniert. Geht es noch, Herr Kämmerer?"

Jürgen antwortet mit „Ja", ist sich aber nicht sicher, ob man ihn hört; bei seinen Patienten, die bäuchlings auf der Liege liegen, klingen alle Sätze immer wie aus weiter Ferne, als befänden sie sich in einem anderen Zimmer. Dr. Matthes erkundigt sich nochmals, wo genau bei Jürgen der Schmerz sitze, er spielt seine Rolle gut, richtig besorgt klingt er, wie viele solcher Fortbildungen er wohl schon gemacht hat?

„In der linken Schulter", erfindet Jürgen. Jemand steckt ihm eine Nadel in die Kuppe des Ringfingers, es ist Marat. Jürgen denkt, dass es Marat sein muss, er meint, genau zu wissen, wie sich dessen dichtbehaarte braune Hände anfühlen. In Jürgens linker Schulter breitet sich Wärme aus.

Dr. Matthes erklärt, im Körper sei eine Anzahl von Meridianen verteilt, die untereinander verbunden seien. Er führe zum Beispiel eine Nadel in den Speichenbeuger ein, „und das wirkt sich günstig auf die Leberwerte von Herrn Kämmerer aus". Vereinzelt Gelächter. Er teile gleich ein Blatt aus mit den korrespondierenden Meridianen; nach der Mittagspause gehe es dann weiter mit dem ersten Übungsmodul. Jürgen stöhnt laut auf, damit ihn die anderen hören. Wieder Gelächter. Er hat dabei, das Gesicht im Ausschnitt der Liege, automatisch eine schmerzverzerrte Grimasse geschnitten.

Für den Bruchteil einer Sekunde kommt ihm das alles bekannt vor, ohne dass er weiß, woher. Aber doch. Genau dieselbe Szene hat er vor ziemlich genau einer Woche schon einmal erlebt: Karte mit traurigem Mädchen im Postfach, Jürgen stutzt, dreht die Karte um, auf der Rückseite: geschwungene Handschrift. Die Absenderin, richtig: Cordula Maas, aus Berlin, entschuldigt sich, sie wolle Jürgen nicht „überfallen", es sei ihr nur „sehr wichtig", *sehr* unterstrichen, ihn zu sprechen. Marat, dem er die Karte zeigt – „Schau, schon wieder. Ich glaub', ich hab' 'n Fan." –, kann sich offensichtlich an gar nichts mehr erinnern und zuckt nur mit den Schultern. Im Umkleideraum legt Jürgen die Karte auf die Bank. Als sich beim Ausziehen sein Blick mit dem des schlechtgelaunten Mädchens kreuzt, ist ihm das Bild aus irgendeinem Grund unangenehm, er schnippt es in den Abfall.

GEORG BEHERRSCHT das Repertoire der coolen Gesten ganz gut: sich bloß nichts anmerken lassen. Mir macht das alles nichts aus. Das ist Jürgen bereits während der drei Wochen Reha aufgefallen. Wie sich das Gesicht des Jungen kaum verzog, als er die ersten Schritte auf seiner Unterschenkelprothese machte, obwohl das tierisch wehtun musste. Ebenso bei Jürgens Visiten auf Georgs Zimmer: Wenn er nicht lachte, schaute Georg zumindest immer hellwach und in gewisser Weise unternehmungslustig aus, keine Spur von Resignation. Jürgen hat das ein paarmal bei anderen Fällen beobachtet; er kennt jedoch auch die Momente, in denen sich der Patient allein glaubt, sich probeweise mehr zumutet, als er eigentlich kann, und stürzt; Momente, in denen aus ihm herausbricht, was er die ganze Zeit davor zurückhielt, das

Jammern, das Weinen. Jürgen kennt die Augenringe, die geistesabwesenden Gesichtsausdrücke, die auf eine weitere schlaflose Nacht deuten, eine dieser Nächte, in denen der Patient nicht nur glaubt, sondern überzeugt davon ist, dass er das alles nicht schaffen wird, dass es keine Zukunft gibt.
Georg hat ein lässiges Grinsen aufgesetzt, zum Abschied winkt er, bevor er in das Auto seiner Eltern steigt, winkt *zu* lange. Wie sehr der Junge an ihm hängt. Er kämpft sichtlich damit, vor den Eltern und Jürgen nicht loszuheulen. Auch er wird wissen, dass eigentlich erst jetzt der harte Teil seines Lebens *danach* beginnt, der Teil, in dem keiner neben ihm steht und ihn motiviert. Jürgen winkt zurück, lächelt, ruft: „Und meld dich mal, ne?“ und ist, ja, froh darüber, dass er in diesem Moment nichts empfindet. Nichts. Dass ihm Georg egal ist und er ihn nach wenigen Tagen, in denen Jürgen neue Patienten mit ähnlichen Schicksalen betreuen wird, vergessen haben wird.
Noch vor zwei, drei Monaten wäre er zusammengebrochen. Nicht hier im Center – zu Hause. Er fühlt doch genau, was in so jemandem wie Georg vorgeht. Diese Ausweglosigkeit. Jürgen hat das selber doch alles erlebt. Am eigenen Leib sozusagen. Genau bis zu jenem Moment, in dem er die Haustür hinter sich schließt, hätte er die Fassung bewahrt. Dann hätte er sich an den Tisch gesetzt, und es wäre losgegangen, das Geflenne. Wie damals, als diese Frau, die nach einer ersten krebsbedingten Unterschenkelamputation sich voller Lebenswillen verabschiedet hatte – „Auf Nimmerwiedersehen“, hatte sie lachend gesagt –, nach zwei Monaten wieder ins Center überwiesen wurde, vollkommen apathisch; der Krebs war nicht besiegt, auch der Oberschenkel musste ihr abgenommen werden, sie konnte nur noch mit Tabletten schlafen.

Jürgen geht durch den Flur zum Anbau, schaut wie immer durch die Fensterfront auf die grüne Plastikabsperrung, hinter der sich der Rasenbereich für die Saunabesucher befindet. Diese „Wohlfühlmucke" überall, die synthetischen Sphärenklänge, die aus den kleinen in die Decke eingelassenen weißen Lautsprechern dringen: Manchmal hört er die Musik gar nicht mehr; dann, so wie jetzt, ist sie plötzlich da, weil er auf sie achtet. Einmal hatte er Svenja gefragt, ob man nicht die CD wechseln könne; laut Svenja war Jürgen nicht der Erste, der auf diese Idee gekommen war. Allerdings – und an dieser Stelle wusste Jürgen nicht, ob Svenja ihn nicht auf den Arm nahm – habe sich auch nach ausgiebiger Suche im Gebäude besagter CD-Spieler nicht finden lassen; selbst der Hausmeister habe keine Ahnung davon. Es gebe das Gerücht von einem Apparat in einer Kellernische, bei der Eröffnung des Centers auf Repeat gestellt.

Im Dezember, im furchtbaren ersten Winter hier in Prien, während dessen er allein endlose Langlauftouren unternahm und versuchte, mit jedem Eiswölkchen vor seinem Mund einen weiteren dieser quälenden Gedanken an sein kaputtes Leben für immer aus seinem Kopf zu verbannen, hätte Jürgen um ein Haar Rohrbeck aufgesucht. Der Anstoß dafür war letztlich von einem seiner Kollegen im Center gekommen, der schon länger bei Rohrbeck Patient ist, wie sich dann herausstellte, und von dem Jürgen immer gedacht hatte, dass er den Begriff „Neurose" höchstens aus dem Lehrbuch kennt: Eike, der große Blonde von der Ergotherapeutenfraktion, den Ergos, ganz norddeutscher Sunnyboy, immer freundlich, immer ein flotter Spruch auf den Lippen. Ihn habe sein Job *ausgehöhlt*, wie er fast beiläufig in der Mittagspause im Aufenthaltsraum sagte, als Jürgen ihn fragte, wie er denn das Center hier finde, die Arbeit hier. Eike meinte, er lebe nun seit sechs Jahren hier. In diesem Scheißkaff. Bringe Opis und Omis wieder das Watscheln bei. Wenn sein Herr Papa seine Familie nicht übers Ohr gehauen und bei seinem Abkratzen massive Schulden hinterlassen hätte, die nun sein einstmals heißgeliebter einziger Sohn abstottern muss, brächte er, wie er es sich in seiner Jugend immer vorgestellt hatte, auf der Alster auf einem der damals noch hauseigenen Boote Kids das Segeln bei und hätte ein super Leben. Und stattdessen: Prien. Bayern. Alte Knacker. „Ich frage dich: Geht's noch schlimmer?“, hatte Eike gelächelt. Deshalb sitze er jetzt regelmäßig beim Seelenklempner des Dorfes. Rohrbeck. Das sei übrigens gar nicht so schlimm, wie es sich anhöre. So. Er müsse dann wieder. Sprach's und verschwand und war seitdem, als hätte das Gespräch im Aufenthaltsraum nie stattgefunden, wieder ganz der alte coole Eike, verlor kein Wort mehr über die Familientragödie, in die er Jürgen, warum auch immer, einen kurzen Einblick gewährt hatte.

Als Jürgen dann aber wirklich einen Termin bei Rohrbeck ausgemacht hatte und vor dessen Haus stand, das zugleich als Praxis diente, ein schmales zweistöckiges Reihenhaus im Neubaugebiet von Prien, wusste er, dass es zwar kein Problem wäre einzutreten, an einem kleinen Klapptisch in der Küche, wie Eike erzählt hatte, Rohrbeck gegenüberzusitzen; aber Jürgen würde ihm höchstens ein bisschen von Monika, auf keinen Fall jedoch von Ulrike erzählen. Denn wie ein Raubtier auf seine Beute würde Rohrbeck sich sofort auf Jürgens Geschichte von seiner Schwester stürzen, „Aha! Ein klarer Fall!“, und Jürgens Leben nur durch die Ulrike-Brille lesen. Einen weiteren Dämpfer à la „Ich beschäftige mich jetzt mal ganz intensiv mit meinem Kindheitstrauma“ konnte Jürgen aber in seiner momentanen Situation nicht gebrauchen; er

hoffte, dass Rohrbeck ihn nicht gesehen hatte, und ging unverrichteter Dinge zum See, wo er ein paar Schwäne mit Semmelbrocken fütterte.
Jürgen wirft einen flüchtigen Blick auf den Tagesplan neben dem Schwarzen Brett, auf dem per Aushang nach Verstärkung für die Chiemseer Kanuten gesucht wird, und trottet weiter die Treppe hoch zu den Behandlungsräumen. Während er dann der Frau in der Vier den nackten Rücken massiert, spult er sein Small-Talk-Programm ab. Sie hat wie die meisten Patienten etwas von „Urlaub" erzählt, sie sei aus der Hauptstadt, vielleicht male sie hier ein bisschen, ob er mehr über die Gegend wisse, eine Route zum Wandern empfehlen könne, und er schaut aus dem Fenster, draußen zeichnet sich die Alpenkette in einem grellem Licht ab, Jürgen meint fast, die einzelnen Blätter der kilometerweit entfernten Bäume auf den Hängen erkennen zu können. Er hat der Frau irgendetwas erzählt, er achtet gar nicht darauf, was er sagt.
Nach der Massage, beim Händewaschen, stutzt er. Das Öl an seinen Händen hat sich mit weißem Zeug, Puder, vermischt, und für eine Sekunde kommt ihm das Bild der Frau vor Augen, wie sie während der Massage den Kopf zu ihm dreht. Ihr stark weiß geschminktes Gesicht. Es fällt ihm erst jetzt auf, im Nachhinein, vorhin hat er es gar nicht registriert.
Er wechselt in die Sieben. Während er die Patientin massiert, blickt er durchs Fenster, auf den Berg, denselben Berg wie eben, in der Vier, aber aus einer etwas anderen Perspektive. Von der Sieben kann man die kleine Kapelle auf dem Bergrücken sehen, von der Vier nicht.

IM HELLEN RECHTECK der Tür steht jemand.
„Ich hab' solche Angst. Ich hab' so Alpträume. Darf ich zu dir?", fragt Clara, löscht das Licht und klettert zwischen Jürgen und Monika.
„Na, komm. Alpträume? Wo gibt's denn so was?", hört sich Jürgen murmeln.
Er legt den Arm um Clara, will sie streicheln und fühlt etwas Weiches, Behaartes. Er hebt den Kopf. Neben ihm liegt ein Tier, ein Hund. Der schaut ihn an und hechelt, mit einem Mal ist Jürgen hellwach und knipst das Licht an, aber da ist nichts neben ihm. 7 Uhr 56. Er knipst das Licht wieder aus und versucht weiterzuschlafen. Er verwandelt sich in einen Hahn, danach in eine Fliege. Mehrmals fliegt er gegen ein Fenster und bricht sich dabei einen Fühler. Mit einem Ruck erhebt er sich. 8 Uhr 04. Er hat plötzlich starke Kopf- und Gliederschmerzen, die er, er ist sich da sicher, vor zehn Minuten, als er kurz wach war, noch nicht hatte.

„MEINE FAMILIE ist nix da!", schreit Marat, seine Wangen sind gerötet, auf seiner Stirn steht Schweiß.
Die Unterhaltungen der Gäste und darüber die basslastige Musik sind inzwischen so laut, dass man kaum noch etwas richtig versteht, selbst wenn einem direkt ins Ohr gesprochen wird. Es ist sicher schon weit nach Mitternacht, aber was soll's. Morgen muss Jürgen ja nicht arbeiten. Ein Wochenende voller Langeweile wartet auf ihn, Clara sieht er erst um drei, genügend Zeit also, um auszuschlafen. Außerdem ist der stets höfliche, aber schweigsame Marat dabei aufzutauen, und irgendwo muss hier, im „Blauen Bock", dem angesagtesten Priener Club, in dem sich also die In-Crowd des

Dorfes, Verzeihung, der Stadt, trifft, das heißt: neben mitleiderregenden Teenagern, die wohl von ihren Eltern auf Kur mitgeschleppt wurden und für die die Abende hier das einzige Highlight ihres Aufenthalts darstellen, vor allem die Surf- und Segellehrer, Therapeuten und Ärzte, die es am Wochenende nicht nach München schaffen, irgendwo dazwischen muss also auch die Aquajoggerin Svenja (Marat: „Eine Fisch!") herumschwirren.

„Als ich weg aus Türkei, die da geblieben. Ich jeden Winter da. Drei Monaten. Dann bin ich wieder hier. Arbeiten, in Prien. Ist gutes Geld hier. Nicht schlecht." Marat hat seinen Pulli ausgezogen, er trägt ein weißes Rip-Shirt darunter, auf dem sich der schwarze Aufdruck eines springenden Tigers spannt.

„Und wie geht es dir mit der Trennung?", fragt Jürgen.

„Was?" Marat beugt sich näher zu ihm.

„Die Trennung. Wie geht es dir damit? Ich meine: Ihr telefoniert vielleicht ein paarmal in der Woche, am Tag. O.K. Aber das ist doch nicht dasselbe, wie wenn sie da wären, deine Frau und deine beiden Kinder. Söhne hast du, hast du gesagt, oder?", schreit Jürgen und bestellt per Handzeichen noch zwei weitere Tequila.

„Ja. Ich träume viel von zu Hause. Jeden Tag. Manchmal ich glaube, das ist nur Traum. Aber noch", Marat hält drei Finger in die Höhe, „drei Jahren. Dann hab' ich genug Geld, um zurück in die Türkei. Dann Haus, eigene Praxis, mehr Luxus, weißt du?" Er starrt Jürgen eine Weile lang wortlos an, vielleicht hat Marat etwas gefragt und Jürgen es nicht gehört.

Er weiß nicht so recht, was er von dem Abend hier im „Blauen Bock" halten soll. Jetzt arbeitet er schon über ein halbes Jahr in Prien, und zum ersten Mal öffnet sich ihm der Kollege, mit dem er im Center die meiste Zeit verbringt und der bisher keine Versuche unternommen hat, Jürgens Freundschaft zu

gewinnen. O.K.: Marat war damals, als Jürgen hierherkam, in diesem Horror-Winter, noch in der Türkei, wie Jürgen jetzt weiß. Aber Marat hat ja wohl gesehen, dass es ihm auch danach nicht besonders gutging, und trotzdem nie irgendetwas Herzliches oder Privates gesagt. Ein paar Floskeln halt: „Am Anfang ist immer schwer“ oder: „Wenn du willst, ich übernehme deine Schicht!“ Anders als Svenja, die Jürgen immerhin in seinem ersten Monat auf einen Kaffee eingeladen hatte und meinte, er solle sich rühren, wenn er Hilfe brauchte. Ein Angebot, auf das er nie zurückgekommen war; wäre das nicht unhöflich gewesen, sie mit seinen Problemen zu überfahren? Aber … ach was … warum macht er sich immer so viele Gedanken, vielleicht ist ja ab Montag alles anders, und sie werden zum coolen Trio des Centers, wer weiß.
„Na ja“, brüllt Jürgen. „Meine Frau hat mich verlassen. Wegen einem anderen Typ. Mir ging's deshalb letzten Sommer ziemlich beschissen, aber langsam wird's wieder. Meine Tochter kommt bald. Also, die zieht zu mir.“
Der Barkeeper hat die Tequila vor sie auf den Tresen gestellt.
„Du hast Tochter?“, fragt Marat. „Das ist gut. Wie alt ist sie?“
„Clara wird zwölf.“
„Clara? Ja? Das ist ein guter Name.“ Marat hat auf Jürgens Hand gedeutet und dann Salz auf seinen *Speichenrand* gestreut, richtig, Speichenrand, so heißt das. In der Ausbildung hatte Jürgen immer Mühe, sich die Namen auf den schematischen Darstellungen einzuprägen, die klangen alle wie Figuren oder Orte in einer Fantasy-Welt, Herzohr, Pförtner, verlängerte Mark, Eustachische Röhre, und nicht wie Teile seines eigenen Körpers.
„Auf Clara!“ Marat hebt den Tequila.
„Auf Clara!“, wiederholt Jürgen und denkt, dass er vielleicht irgendwann mit Marat auch etwas unternehmen wird, dass

sie noch mehr über Monika und so weiter reden könnten. Er leckt das Salz vom Speichenrand, den Namen wird er nicht so schnell vergessen.

DAS DICKE BRAUNE DIN-A4-PÄCKCHEN ist an ihn persönlich adressiert. Er öffnet es nicht sofort, sondern hebt es sich für die Mittagspause auf. Jürgen ist, als er den Umschlag im Postfach entdeckt und die geschwungene Aufschrift darauf – *Nicht knicken, bittebittebitte!* – sofort als die dieser Cordula Maas erkannt hat, über sich selbst erstaunt, dass er das fast wie selbstverständlich hinnimmt und das Päckchen liegen lässt. Aus irgendeinem Grund, ja, weiß er, dass sich darin etwas von Bedeutung befinden und er für den Inhalt Ruhe brauchen wird. Während er Frau Walter und Herrn Ott bei ihren Geh-Übungen motiviert, muss er unentwegt an die Mittagspause denken: wie er den Umschlag öffnet, seine Hand hineinsteckt. Als das Päckchen dann tatsächlich auf dem Tisch vor ihm liegt, löffelt Jürgen zuerst – langsamer als sonst, wie ihm scheint, worüber er sich in diesem Moment ärgert, warum muss er so ein Ritual aufführen? – seinen Joghurt, leckt die Innenseite des Deckels ab, die metallen schmeckt.
Eike tritt in den Aufenthaltsraum und will ein bisschen Small Talk machen. Mit einem Schlag hat es Jürgen eilig, nimmt das Päckchen, „... komm' gleich wieder ...“ stottert er, hastet durch den Flur, sperrt die Tür der Kabine im Klo hinter sich ab, setzt sich auf den Klodeckel und öffnet den Umschlag.
Er muss sich dabei geschnitten haben: Sein Daumen blutet.
Dann die Enttäuschung: Das Päckchen enthält nur Werbe-

broschüren, nein, *Comics*. Jürgen hält die Öffnung des Umschlags nach unten, aber das ist tatsächlich alles. Zehn, nein, mehr, zwanzig, dreißig dünne Comic-Hefte, ein maschinengeschriebener Brief. Auf den ersten Blick sind die Hefte nichtssagend, ganz gekonnt gezeichnet, sicher, das kann sogar Jürgen sehen, der sich sonst eigentlich nichts aus Comics macht: der Alltag eines Mädchens offenbar, einer *Ute* – so der in roten Buchstaben geschriebene Titel auf jedem Heft –, in immer demselben Outfit, schwarzes Kleid, schwarze Schuhe, es ist das Mädchen von der Postkarte; Ute geht zur Schule, Ute sitzt in einem Hörsaal, eine Uni, sie befindet sich in Paris, da ist der Eiffelturm, das alles in losen Episoden erzählt. Jürgen blättert. Er nimmt ein anderes Heft in die Hand. Hier ist Ute älter, Szenen einer Ehe oder Affäre, Streit, da ist sie schwanger, Seiten später läuft sie mit einem Kind, einem Mädchen, an der Hand über eine Wiese, offenbar arbeitet Ute als Fotografin, hier hat sie eine Ausstellung, hier veröffentlicht sie einen Band mit Fotos von Hafenarbeitern, auch die Fotos sind gezeichnet. „Endlich hatte ich es geschafft“, liest Jürgen irgendwo, und: „Guck mal, Schatz!“, „Ich liebe dich“, „Und wie soll ich die Miete bezahlen, hä?“, die Uffs, die Ächzs, die Stöhns, Jürgen wird ungeduldiger, hier ist Ute mit ihrer Tochter, nun schon vielleicht acht, neun, zehn, so alt wie Clara, die Tochter heißt Inga.

Jürgen schlägt das Heft zu und ärgert sich über sich selbst. Er hatte sich tatsächlich auf den Inhalt dieses Päckchens gefreut.

Jemand ist in die Kabine neben ihm getreten, es könnte Norbert sein oder Günther, beide tragen bei der Arbeit dieselben weißen Turnschuhe. Pro forma drückt Jürgen die Spülung. Unter dem Klodeckel, auf dem er sitzt, rauscht das Wasser.

Dann überfliegt er den Brief, bleibt an den Wörtern hängen, beginnt von vorn, liest ihn noch einmal:

Ich habe mich neulich mit Ihnen getroffen. Auch wenn Ihnen das vielleicht nicht bewusst war: Sie haben mich massiert. Ich erlaube mir, als Beweis hierfür (räusper) – da steht tatsächlich „räusper" – *einen Comic unseres Treffens beizulegen, welcher, sofern Sie damit einverstanden sind, auch erscheinen wird. Bitte entschuldigen Sie mein zugegebenermaßen etwas unorthodoxes Vorgehen. Aber Sie haben ja nicht auf meine schriftlichen Bitten geantwortet. Und die Bekanntschaft mit Ihnen ist mir wirklich sehr wichtig. Hier der Grund dafür – und damit auch für die beigefügten Comic-Hefte, die ich nun schon seit über zehn Jahren zeichne und die sich inzwischen einer gewissen Popularität erfreuen, was Sie im Internet unter www.ute-comic.de überprüfen können: Die Hauptfigur, Ute, bin eigentlich, mit einigen Einschränkungen (Trommelwirbel): ich. Die Comics stellen also eine Art Autobiografie dar. Das ist übrigens kein Geheimnis – auch wenn sich nicht alles, was in den Comics beschrieben wird, tatsächlich so ereignet hat.*

Den entscheidenden Anstoß zu der Figur jedoch, zu Ute – und hier komme ich auf den Grund zu sprechen, the reason, für diesen Brief –, den habe ich durch einen Film erhalten, in dem auch Sie zu sehen waren. Sie suchten darin nach Ihrer verschwundenen Schwester in Budapest. Wir beide wissen ja, wie die Sache ausging … Mich hat das damals bestürzt, ergriffen, geschockt, so dass ich mich dazu entschloss, das Leben Ihrer Schwester weiterzuführen. Im Comic. WAS WÄRE WENN. Man kann sagen, ich habe mir das Leben Ihrer Schwester geborgt. Nie habe ich mir jedoch träumen lassen, dass die Figur so ein großes Potential besitzt und ich selbst am Ball bleiben würde. Aber das Ganze hat eine gewisse Eigendynamik entwickelt: Jede Woche zeichne ich einen Strip.

So. Das habe ich Ihnen einfach einmal sagen wollen, vielleicht auch,

weil ich jetzt, zum zehnjährigen Jubiläum der Serie, ins Nachdenken gekommen bin. Und weil ich eine gewisse Dankbarkeit in mir trage, dass mir diese Figur gegeben wurde, und last but not least auch deshalb, weil ich das Gefühl habe, dass, auch wenn die Comics nichts mit Ihnen und eigentlich nur indirekt mit Ihrer Schwester zu tun haben, das Ganze ja auch in gewisser Weise Sie betrifft.
Bitte entschuldigen Sie nochmals.
Sofern Sie trotzdem Lust habe, sich mit mir zu unterhalten, können Sie mich ja einfach unter der Adresse auf der beigefügten Visitenkarte erreichen. (Denn natürlich interessiert mich brennend, wie Sie die Ute-Comics finden!)
Andernfalls tun Sie doch bitte so, als gebe es die Comics, den Brief und mich gar nicht. Diese Nachricht zerstört sich in den nächsten zehn Sekunden von selbst, Drei, Zwei ... Auf Wiedersehen,
Ihre
Cordula Maas.

... und Jürgen schlägt ein Heft nach dem anderen auf, blättert, liest, noch mal, hier den Anfang einer Episode, dort das Mittelstück, er merkt, wie ihm jetzt, vollkommen unvermittelt, Tränen die Wangen herunterlaufen, heiß ist ihm geworden, als hätte er all die Jahre auf diesen Moment gewartet, darauf, Ulrike wiederzusehen, zu erfahren, wie es ihr inzwischen ergangen ist, dass sie ein ganz normales Leben führt, Tag für Tag, dass sie lebt ...

IN PERFEKTER TAG
CH WÜNSCHTE MIR IN DIESEM MOMENT, ER SOLLTE NIE VORÜBER SEIN.

Ute
...auf Drogen
SEIT ICH ELF BIN, RAUCHE ICH. RAUCHE NOC
IMMER. UND AUCH WENN DAS SEHR UN-PC
IST, MUSS ICH SAGEN: RAUCHEN IST GEIL!
ANDERS SIEHT ES MIT DROGEN AUS. ALS ICH 18 WAR, GAB MIR MARC EINE TABLETTE, VON DER ER BEHAUPTETE, ES SEI ASPIRIN.
DU HAST DOCH IMMER SO KOPFWEH

.. UND DANN KAM DIE LETZTE PHASE:
WIR SPRECHEN NICHT MEHR MITEINANDER.
ICH WÜNSCHTE MIR DAMALS NICHTS SEHNLICHER, ALS DASS SØREN MIR WIEDER ALL DIE BESCHIMPFUNGEN ENTGEGENSCHRIEE (SO LAUT WIE MÖGLICH), DIE ER MIR DIE TAGE ZUVOR UNENTWEGT AN DEN KOPF GEWORFEN HATTE.

Ute
Mein erster Tag in der neuen Schule
ALS ICH IN DER ZEHNTEN WAR, ZOGEN MEINE ELTERN UM.
ICH WOLLTE NIE WEG VON MEINEN ALTEN FREUNDEN, DENEN ICH BEIM ABSCHIED EWIGE TREUE GESCHWOREN HATTE...UND DIE ICH NACH EINEM MONAT VERGESSEN HATTE.
ABER AN MEINEM ERSTEN TAG IN DER NEUEN SCHULE WUSSTE ICH NOCH NICHT, DASS ES SO KOMMEN WÜRDE. STATTDESSEN LERNTE ICH EINE ERSTE LEKTION:
WENN MAN NEU IN EINE GEMEINSCHAFT KOMMT, IST MAN UNSICHTBAR.

Ute
Die erste Ausstellung
ALLES KAM MIR BELIEBIG VOR. ZUGLEICH SCHIEN ES ABER EINE HÄNGUNG ZU GEBEN, DIE DIE EINZIG RICHTIGE WAR. NUR MIT DIESER WÜRDE ICH DEN DURCHBRUCH SCHAFFEN. WENN ICH SIE DOCH NUR HERAUSFINDEN KÖNNTE.
WENN ICH IN DIESER ZEIT NACHTS INS BETT SCHLÜPFTE, SCHLIEF HARALD SCHON.

… und er steht auf. Richtig: Er befindet sich noch immer im Herrenklo, im Anbau des Centers. Richtig. Und er setzt sich wieder, wischt sich die Tränen aus dem Gesicht, schaut auf das lose Blatt, das an den Brief geheftet ist …

Ute
...auf Kur
ERHOLUNG! MASSAGEN! BÄDER! BERGE! EIN WELLNESS-URLAUB AM CHIEMSEE!
WELLNESS-CENTER SIND SELTSAME ORTE. FEGEFEUER“, WAR DAS WORT, DAS MIR STÄNDIG DURCH DEN KOPF GING.
DIE ANGESTELLTEN SCHIENEN MIR WIE SCHLAFWANDLER.
UND ALS DER MASSEUR MICH BERÜHRTE, WAR ES MIR, ALS SPÜRTE ICH ALL DIE TRAURIGKEIT SEINES HERZENS AUF MEINER HAUT.

… und er schluckt den Rotz herunter und muss lächeln, weil er – Bildchen hin, Illusion her – plötzlich das Gefühl hat, als bekomme sein Leben wieder eine Richtung. Als bekomme das alles, die letzten Jahre, nachträglich einen Sinn. Er steht auf und geht, das Päckchen unterm Arm, in den Aufenthaltsraum, und Eike fragt ihn, was denn los sei, ob etwas passiert sei, er sehe ja total fertig aus, und Jürgen sagt: „Ne, nichts. Es ist nichts."

ER KAUERT SICH zusammen, embryonal – „Wie im Uterus müsst ihr da drin liegen", hatte sein Ausbilder in Traunstein über die C 7 immer gesagt –, umfasst die Griffe und drückt mit beiden Beinen das Gewicht an seinen Kniekehlen nach hinten. Siebenmal, achtmal, dann beginnt er, die Muskeln im Rücken und in den Oberschenkeln zu spüren, die durch die Übung beansprucht werden. Er möchte sie zwölfmal sauber ausführen, gestern waren zehnmal seine Grenze, vor drei, vier Jahren hat er noch mühelos fünfzehnmal geschafft, er hätte keine Trainingspause einlegen dürfen. Es muss doch verdammt noch mal möglich sein, wieder an die fünfzehn heranzukommen, nach elfmal muss er aufhören. Noch immer hält er sich an den Griffen fest.
Im vergangenen Vierteljahr hat er wieder seine alte Figur bekommen. Woche um Woche hatte er trainiert, war wieder er selbst geworden, der Sack an seinem Bauch war geschrumpft, schließlich verschwunden, die Haut an seinen Oberarmen hat sich gestrafft. Endlich konnte er sich wieder im Spiegel sehen – auch wenn ihm auf den zweiten Blick dieses und jenes Detail verriet, dass er nie wieder den Körper vor sich haben würde, den er einmal besessen hatte: die hervorgetretenen Sehnen, die Falten, die Verfärbungen seiner Haut. Außer-

dem ist der Gedanke alles andere als beruhigend, dass, wenn er sich wieder gehenlassen sollte, sein Körper sich erneut deformieren und er wieder diese Probleme haben wird, den Patienten gegenüberzutreten, die in ihm jemanden sehen werden, der er nicht sein möchte, der er doch nicht ist.
Draußen ist es bereits dunkel geworden. Wie in einer Verlängerung des Raumes stehen in den Fenstern die in Neonlicht getauchten Maschinen des Studios. Jürgen drückt das Gewicht an seinen Kniekehlen nach hinten, schon nach drei Mal fängt es in seinen Oberschenkeln an zu brennen, er hat noch die drei Sätze in den Knochen, die er am Vormittag an der C 7 gemacht hat; genau dieser Schmerz ist es aber auch, der ihn an den Geräten immer wieder, früher öfter als heute, in Hochstimmung versetzt. Zu spüren, dass man am Leben ist.

UTE STEHT DA. In der linken Hand hält sie eine Gießkanne, in der rechten einen Teddybären. Die roten Gummistiefel. Die Sommersprossen auf ihren Wangen. Jürgen kann sich den Kopf noch so zermartern, es will ihm einfach nicht gelingen, sich an das *Foto* von Ulrike zu erinnern. Stattdessen hat er immer diese Zeichnung aus „Ute 1" vor Augen, zu dem die Maas von einer der beiden Dokumentationen inspiriert worden sein muss. Die Dokumentationen. Die Maas. Warum kann er nicht aufhören, über sie und die Comics nachzudenken? Warum kann er es nicht einfach nur genießen, dass es ihm nach all der Scheiße der letzten Monate wieder O. K. geht? Warum muss er da tiefer graben und alles aufs Spiel setzen?
Tobias ist aus dem Wasser aufgetaucht und hält sich am Beckenrand fest, er japst nach Luft.

„Gut!“, sagt Jürgen. „Du machst das wirklich sehr, sehr gut. Und jetzt versuch’s noch einmal. Meinst du, das geht?“
Tobias nickt, holt tief Luft, verdreht die Augen und taucht wieder unter.

RAPUNZEL7: ich finde ute sollte mal raus aus ihrem kiez. kein wunder dass die gerade ne krise hat. ich sage nur: südsee. japan. n ute-manga wär doch nicht übel was meint ihr? 

Harald: Letzte Woche ist meine Oma an Krebs gestorben. Ein Jahr Leiden vorbei. Wollte nur sagen, dass ich jetzt umso mehr die Geschichte aus Ute 8 schätze, wo ihre Großmutter an Krebs stirbt. Hab die Geschichte gerade wieder gelesen. Ist sehr hart, aber absolut akkurat – hat mir Trost gegeben, besonders der Schluss mit der Schifffahrt nach Helgoland. Cordula, ich bin bei dir!

fixfox: Weiß irgendjemand von Euch, wo’s noch die erste Auflage von Ute 1 gibt? Fehlt noch in meiner collection. 

Superman: Drehst dich für meinen Geschmack zu sehr im Kreis, werte Cordula. Schau dir mal Seite 74 bis 87 in Ute 34 an. Oder ist die Episode von letzter Woche ein direktes Zitat daraus? Sorry, dann hab ich’s einfach nicht geschnallt.

RAPUNZEL7: hallo??! hat jemand ne meinung zu mir??! 

Es ist eine fremde, fremde Welt, in der er sich da gerade bewegt. Den Brief der Maas vor sich, hat er die dort angegebene Internetadresse ihrer Homepage auf seinem Laptop eingetippt. Die Startseite mit der jungen Ute und verschiedenen Links vor schwarzem Hintergrund war erschienen, wahllos hat er auf den ersten geklickt, *Forum*, die ersten Kommentare der User gelesen, die sich wohl auf frühere „Ute"-Episoden beziehen, hat die Seite nach unten gescrollt, sie ist schier endlos gewesen, Jahre um Jahre von zum Teil leidenschaftlich geführten Debatten sind vor seinen Augen vorbeigezogen. Manche User haben sich selbst Namen aus dem Comic gegeben, *Ute 6*, *Ute 7*, *Inga 4*, *Harald, der Starke, Sumsi*. Manche sind bereits von Anfang an dabei, Ute hat sie begleitet, ihr ganzes bisheriges Leben lang.
Jetzt klickt Jürgen auf den Link *Wochenstrip* – „Bin im Urlaub. Bald geht's weiter ..." steht da –, dann auf *Zu mir*. Von wegen „im Urlaub". Wohl eher im Wellness-Center in Prien für schlüpfrige Spielchen mit gutgläubigen Fremden, denkt Jürgen. Der ganze Frust steigt jetzt in ihm auf, dass er dieser Maas nicht gleich geantwortet und sie ihn einfach so, ohne ihn zu fragen, gezeichnet hat; dass er sich schon wieder mit Ulrike beschäftigen muss, dank dieser Maas; dass, wenn sich jemand liebenswürdigerweise zu ihm herablässt, es immer nur wegen seiner Schwester ist.
Er wird sich mit der Maas treffen, so viel steht fest. Aber dieses Mal wird alles nach *seinen* Regeln ablaufen. Er wird sich über sie informieren, heimlich und doch legal, genauso wie sie sich in seinen Alltag eingeschlichen hat. Er wird gewappnet sein für das Treffen. Zwar ist nicht klar, was sie eigentlich von ihm möchte; doch wenn sie ihn weiter ausspionieren und

für ihre Zwecke gebrauchen will, hat sie sich geschnitten. Will sie einen Showdown, kriegt sie auch einen. Unter dem Porträt einer älteren Ute liest er:

Cordula Maas. Ich komme aus Berlin und wurde dort geboren, als es noch zwei davon gab. Im Westen habe ich studiert, im Osten, der heute nicht mehr der Osten ist, wohne ich. Früher habe ich als Werbegrafikerin gearbeitet. „Ute" gibt's seit 1998. Seitdem mache ich nichts anderes. Weil ich oft danach gefragt werde: „Ute" ist zwar größtenteils autobiografisch. Man sollte sich jedoch darüber im Klaren sein, dass gerade die Stellen, die am authentischsten wirken, erfunden sein könnten. Und noch ein Wort zu denen von Euch, die immer wieder gern ein Foto von mir hätten: Tut mir leid, Leute. Is' nich'. Strengt mal Eure grauen Zellen selber an und macht Eure eigenen Bilder. Is' viel spannender so. Ihr werdet schon SEHEN.

Jürgen lässt den letzten Satz in sich nachhallen, während er in die Küche geht, um sich um das Abendessen zu kümmern. Später wird er im Internet weiterrecherchieren. Er muss wissen, wem er da gegenüberstehen wird, wer diese Frau ist, die ihn in eine Comicfigur verwandelt hat.

BEINAHE WÄRE ER wieder umgekehrt, hätte er nicht im letzten Moment den matt schimmernden Leuchtpfeil an der Wand neben dem Schwarzen Brett bemerkt. Also hatte Eike ihn doch nicht verarscht. Am Ende der Empfangshalle an einer Säule ein weiterer Pfeil, der in den düsteren Flur in Richtung Fitness-Bereich weist. Vorsichtig tastet sich Jürgen an den Yoga-Räumen vorbei, nur durch die Fensterfront fällt etwas Mondlicht, er hätte eine Taschenlampe mitnehmen sollen. Inzwischen ist aber schon klar, wo die geheime Ü-40-Party für die Mitarbeiter des Centers stattfindet, Eike hätte gar nicht so geheimnisvoll tun müssen, von wegen: Folge der Markierung, du wirst schon sehen. Vor dem Zugang zur Aqua-Area steht eine Gestalt.

„Krafttier!"

Jemand hat ihn mit einer Taschenlampe geblendet, dann sie sich selbst unters Gesicht gehalten, Eike. Mit Blumenkränzen, Hawaii-Hemd, in Shorts und Badeschlappen.

„Was?"

„Krafttier! Das ist das Codewort hier. Du musst mir dein Krafttier sagen, dann darfst du an unserer kleinen monatlichen Feier teilnehmen. Also?" Eike grinst übers ganze Gesicht, wahrscheinlich Gras.

„Erst einmal sagst du mir deines", steigt Jürgen ein.

„Ach so ... na is' doch klar: Känguru." Eike macht auf Otto und hampelt mit angewinkelten Armen rum.

„O. K. Meines ist die Maus. Speedy Gonzales, comprende?"

„Astrein, Mann. Hier ist dein Kranz!", Eike hängt Jürgen Plastikblumen in Schwarzrotgold um, „und bitte Schuhe ausziehen. *Und nicht schmutzen!*" Den letzten Satz hat er gesächselt. Er hat Paulsen imitiert, den stets schlechtgelaunten Bademeister, von dem es hinter vorgehaltener Hand heißt, er sei Mitglied der Stasi gewesen und nach der Wende hier untergetaucht. Außerdem wird Stasi-Paulsen von einigen im Center, unter anderem von Eike, dafür beneidet, dass er der einzige männliche Angestellte ist, der sich mit offizieller Genehmigung im Saunabereich draußen zwischen den Nackten aufhalten darf – in seiner 50er-Jahre-Badehose versteht sich. Eike schiebt die Glastür auf: „Come in and find out."

„Und was ist mit dir?", fragt Jürgen.

„Ich steh' Schmiere. Der Hausmeister ist zwar auf unserer Seite, aber man weiß ja nie, ne. Also: Have fun!"

Im Schwimmbad hallen leise Sambaklänge, die rote Unterwasserleuchte ist angeschaltet, am Beckenrand sitzen welche von der Pilates in Badesachen, lassen die Beine ins Wasser hängen und nippen an ihren Drinks. Die Liegestühle, die Paulsen jeden Abend fluchend vom Rasen und aus allen Ecken des Schwimmbads zusammenschleppt und in Zweierreihen aufstellt, „keine Ordnung kennen die Leute", sind, im Raum verstreut, zu Grüppchen aneinandergestellt und wohl größtenteils besetzt, von wem, lässt sich allerdings im Halbdunkel schwer erkennen. Jürgen ist zu einem Pärchen in Hippie-Klamotten getreten, das er noch nie im Center gesehen hat.

„Hi", sein Blick fällt auf die Hand des Mannes, die die Innenseite des Oberschenkels der Frau streichelt. Obwohl das hier eine Feier ist, für einige wohl sogar so etwas wie ein Faschingsfest, hat Jürgen den Eindruck, er störe nicht nur die beiden, sondern überhaupt.

„Äh … wo gibt's denn hier die Getränke?"

„Die Bar, ja du", sagt der Mann sanft, „gleich *in* den Duschen, gleich da hinten."

Auf dem Weg, durch den Männerumkleidebereich, hört Jürgen aus einer der Kabinen zärtliches Flüstern, Schmatzgeräusche, er beschleunigt seine Schritte, bleibt dann überrascht stehen. Aus dem Duschraum dringt Dampf. Tatsächlich tröpfelt dort warmes Wasser aus allen Köpfen und läuft nicht mehr ganz ab, auf dem Boden staut es sich trotz der leichten Absenkung, Jürgens Füße sind nass. Zwischen den Dampf- und Wassersäulen sitzen sämtliche Prinzessinnen aus dem Beauty-Bereich, inklusive des einzigen Visagisten, dem schwulen Norbert, mit den Schwimmgymnastik-Coaches auf den Fliesen im Kreis. Allerdings fehlt Svenja.

„Aloha!", begrüßen Jürgen zwei der Beauties. „Nimm doch

ein Bier“, ruft eine dickliche Blonde, vom Yoga, wie Jürgen sich zu erinnern meint. Sie hat auf die Bierkästen unter einer der aufgedrehten Duschen gedeutet, aus der wohl kaltes Wasser kommt ... na hoffentlich. Jürgen überlegt einen Moment, setzt dann ein Grinsen auf, was soll's, ich bin der Clown, und geht in voller Montur unter den Duschen zum Bier. Die Beauties, natürlich alle in perfekt-modischen Bikinis, johlen, applaudieren. Mit der blonden Yoga-Frau, einer Petra, hat sich Jürgen kurz unterhalten, über neue Trends, wo Petra ausgebildet wurde und so weiter, er hat gemerkt, wie wenig ihn dieses esoterische Gebrabbel mittlerweile interessiert, zumindest heute Abend.
„Weißt du eigentlich, wo Svenja ist?“, fragt er unvermittelt und realisiert zu spät, wie unhöflich er gerade ist, hat noch ein „Scheiße“ und „'Tschuldigung“ nachgeschoben.
Petra: „Wer?“
Jürgen: „Sven-ja.“
Petra: „Wer?“
Eine der Beauties beugt sich herüber und kichert; es ist die, die im Aufenthaltsraum immer mit ihren Hand- und Fußmassagen angibt, ganz so, als sei sie Physiotherapeut wie Marat oder Jürgen: „In der Sauna. Die ist in der Sauna.“ Jürgen hat sich dann recht schnell verabschiedet und ist weitergezogen, was macht er hier eigentlich?, seine nassen Sachen kleben ihm auf der Haut. Hinter der Holztür, die er mit einem Ruck aufreißt, befinden sich nur leere Liegen im Dunkeln. Doch in der nächsten Sauna sitzt sie dann, Svenja, die ihn überrascht angeschaut hat und wohl zuerst nach dem Handtuch neben sich greifen wollte, es sich dann aber anders überlegte. Und noch einer ist da gewesen, ebenfalls nackt. Marat, der ihn, ohne mit der Wimper zu zucken, vollkommen ruhig begrüßt.

„Was machst du denn hier?“, bricht es dann doch aus Svenja heraus.
„Trocknen“, antwortet Jürgen und streckt sich auf der Liege neben ihr aus. In den folgenden vielleicht fünf Minuten hat keiner etwas gesagt. Jürgen schließt die Augen und achtet darauf, wie ihm die Hitze in den Kopf steigt, das Wasser aus seiner Hose, dem Hemd weicht.
„Tschüsle“, verabschiedet er sich, mit dem Rücken zu Svenja und Marat.
Später ist er noch mit Eike in der Unterhose durch die Monster-Rutsche mit den drei Loopings gerutscht. Sie haben dabei Leute nachgemacht, Eike Bush, Jürgen Paulsen.

ZUM ERSTEN MAL auf ihrer Wanderung auf den Hochgern dreht er sich jetzt um und sieht, was er schon wer weiß wie lange vorher hätte sehen können: die Waldhänge, die Felsen, die daraus vereinzelt hervorragen; unten, winzig klein, das Dorf im Tal, von dem aus Marat und er drei Stunden zuvor, am Morgen – wegen des Frühnebels konnte man keine zehn Meter weit sehen; alles, die Häuser, Bäume, die ein, zwei anderen Wanderer, hatte etwas Gespenstisches –, aufgebrochen waren, ein Vogel am mittlerweile strahlend blauen Himmel darüber, nein, ein Paraglider. Den Blick auf den Weg vor sich gerichtet, auf die Steine, die Erde, wie automatisch marschierend, hatte er Marats Erzählungen zugehört, über die Party im Center vorgestern, dass sie nächstes Mal besser aufpassen müssen, beinahe hätte der Chef etwas geahnt, der wohl über zwei Ecken erfahren hatte, dass Paulsen am Morgen nach der Party, noch vor der offiziellen Öffnung für die Gäste, eine leere Bierflasche aus dem Kleinen Becken gefischt hat. Jürgen

Wanderung

hatte nur hin und wieder pro forma nachgefragt und genickt, er ist in Gedanken gewesen, die Comics, die Maas, soll er Marat davon erzählen? Und dann womöglich auch noch die ganze Geschichte von seiner Schwester? Er hat ihm an jenem Abend im „Blauen Bock“ schon genug von sich verraten. Marat war seitdem nicht mehr darauf, auf Monika und so weiter, zurückgekommen. Außerdem gibt es da ja noch diese Szene mit Svenja in der Sauna. Wenn die beiden schon so taten, als seien sie daran interessiert, zu Jürgen ein gutes Verhältnis zu haben, dann sollten sie ihn wissen lassen, was da eigentlich zwischen ihnen läuft.

Auf den Wiesen weiden Kühe, das Bimmeln ihrer Glocken klingt herüber.

Geradezu traumhaft ist es hier beziehungsweise wäre es, wenn – ja, wenn was? Jürgen möchte es empfinden und kann es nicht, warum kann er es nicht? Die angenehm leichte Brise, die ab und an aufkommt, weht Löwenzahnsamen durch die Luft. Die Milch, die Jürgen sich bestellt hat, schmeckt ihm, wie sie ihm im Tal unten, in seinem sonstigen Leben, nie schmecken würde. Wichtige Frage (geeignet, um sich abzulenken): Stammt die Milch tatsächlich von den Kühen auf der Alm, oder handelt es sich um gewöhnliche und überall erhältliche Tütenmilch? Und: Schmeckt sie deshalb so gut, weil man sich bereits im Voraus auf sie freut und sie sozusagen als Belohnung für den weiten Weg trinkt?

Abends klickt Jürgen im Bett auf dem Display seines Fotoapparats die Bilder durch, die er auf der Wanderung gemacht hat. Marat, der leicht verschwommene Blick auf die schneebedeckten Dolomiten – oder sind das Geröllhalden? – wirkt wie gezeichnet, das Foto der an einer Bergkapelle angebrachten Grabplatte eines Paares, bei dem die Überreste des am Mont Blanc verschollenen Mannes am Tag des Todes seiner

Frau nach acht Jahren „vom Berg wieder freigegeben wurden", wie die Illustration eines bekannten Märchens.

AUF DEM WEG von der U-Bahn-Station am Odeonsplatz zum Englischen Garten – als Treffpunkt war der Monopteros vereinbart – gelingt es ihm nicht, sich daran zu erinnern, wie Cordula Maas ausgesehen hatte.

Weißes Puder.

Das ist das Einzige, was in seinem Gedächtnis haftengeblieben ist. Also sieht er innerlich die schwarzgekleidete, spindeldürre Ute aus den Comics, die sich aber in seiner Vorstellung weder zu einer Figur aus Fleisch und Blut formen will – immer hat er eine Comicfigur vor Augen, die wie ausgeschnitten vor dem Monopteros wartet – noch zu der Stimme passt, mit der er am Samstagabend sprach, als er endlich die Berliner Nummer auf der Visitenkarte anrief. Den Hals hatte es ihm bei den ersten Sätzen zugeschnürt, wie bei der Verabredung zu einem Date zu Studienzeiten. Es war eine angenehme Stimme gewesen: Weich, präsent, aber unaufdringlich, keinerlei Akzent, er hätte ihr noch länger zuhören können als bloß die fünf Minuten, in denen die Maas ungefragt von einem Termin in München sprach, den sie, so ihr Vorschlag, gern mit einem Treffen mit Jürgen verbinden würde, „und dann sehen wir alles Weitere". Außerdem: ob sie diesen Comic, „Ute auf Kur", ins Netz stellen dürfe, sie wartet gar nicht seine Antwort ab, er solle entschuldigen, sie sei gerade bei der Arbeit – „Bei der Arbeit an Ute?", wollte er fragen, was natürlich idiotisch war, er darf sich nicht anmerken lassen, dass ihn das mit den Comics seit Tagen nicht loslässt. Die Stimme hätte zu einer dicken Blonden ebenso wie zu einer dünnen Schwarzhaarigen gepasst, seltsam alterslos klang sie, ein bisschen so, wie Jürgen sich als Junge dieses Orakel vorgestellt hatte, aus der „Unendlichen Geschichte“, das körperlos durch eine Säulenhalle schwebt. Nach dem Telefonat hatte er für Sekunden auf die Spur eben jener Orakelstimme gestarrt, auf dem Block, auf den er während des Gesprächs gedankenverloren mit Claras Buntstiften gemalt hatte, die Wellenlinien.

Das letzte Stück zum Hügel des Monopteros, den Eisbach entlang, war es dann das Gesicht der Polizistin, das für ihn zu dem der Maas wurde. Als er eine Abkürzung und durch den Verhau von Absperrungen gehen wollte und zu spät merkte, dass er vor dem Eingang der Amerikanischen Botschaft stand – auf den ersten Blick war es schwierig, einen Weg aus dem Labyrinth zu finden, in das er da geraten war –, ist ihm schon die schwerbewaffnete junge Frau entgegengeeilt; was er hier wolle, ob er einen Termin habe, er könne hier nicht einfach stehen bleiben. Fast hätte er ihr erwidert: „Jawoll! Termin! Hab’ ich. Mit der Comiczeichnerin Cordula Maas. Die wohnt doch hier, oder?“, beschloss jedoch, dass es unklug wäre, eine Polizistin auf den Arm zu nehmen.

Die Enten watscheln in ihr Häuschen auf einer Insel im Bach. Beim Eintreten ziehen sie den Kopf ein. Es ist ein gleißender Föhntag.

Dann auf dem Hügel des Monopteros. Grüppchen von Jugendlichen sitzen auf den Stufen. Touristen, die vor dem Panoramablick auf die Kirchtürme der Stadt für Fotos posieren. Englische Satzfetzen. Spanisch.

An einer der Säulen des Tempels lehnt sie, raucht, schaut auf die Wiese unten.

Sie ist es, für Jürgen besteht kein Zweifel daran. Eine mittelgroße Frau, grazil, elegant, in dunkelblauem Sommerkleid mit Sonnenblumen darauf, einer farblich dazu passenden

Tasche, toupiertes pechschwarzes Haar – eine Perücke? –, Libellensonnenbrille, gepuderte Arme. Besser kann man eine erste Begegnung nicht inszenieren. Ist es das? Inszeniert? Schon dreht sie sich nach ihm um, die Zigarette hat sie am Boden ausgetreten und schreitet lächelnd auf ihn zu.

„Cordula Maas. Wir kennen uns ja", sagt sie. Sie duftet stark nach einer exotischen Frucht, deren Namen er schon einmal gehört hat, er liegt ihm auf der Zunge.

„Äh, wirklich?", möchte er fragen, aber ja – natürlich. Er hat sie ja bereits massiert, fast nackt hat sie vor ihm gelegen. Insofern: sicher. Man ist sich begegnet. Die Mischung aus zunächst Dankbarkeit, dann Ärger, dann vor allem Neugierde und auch ein bisschen Geschmeichelt-Sein, die er vor diesem Samstag in den schlaflosen Nächten oder endlosen Krankengymnastikstunden verspürt hatte, ist für Momente wie weggeblasen. Stumm brechen sie zu einem Spaziergang auf. Beide fangen sie einen Satz an, gleichzeitig, entschuldigen sich, gleichzeitig, schmunzeln.

Sie zündet sich eine Zigarette an. Wie sie das macht, ist ihm ein Rätsel, aber in kürzester Zeit ist sie eingehüllt in eine kleine, gleichwohl nahezu undurchdringliche Rauchwolke.

„Was ich mich gefragt habe … können Sie eigentlich von der ‚Ute' … leben?", beginnt er und hat auf die Penisse, Brüste und Gesäße der Nackten geblickt, unweigerlich, die auf der anderen Seite des Baches im Gras liegen. Die anderen Jogger und Spaziergänger, ins Gespräch vertieft oder den Blick in weite Ferne gerichtet, scheinen dieses Rasenstück, auf dem alle Regeln und mit ihnen die großstädtische Wirklichkeit außer Kraft gesetzt sind, gar nicht wahrzunehmen.

„Die Nackten", sagt die Maas hinter ihrer Rauchwolke und kichert, es ist ein vergnügtes Mädchenkichern; sie ist wie das eine Mädchen in der Raucherecke in Ising.

„Ja, mittlerweile geht das ganz gut, das Leben von den Dingern, also den Comics. Darauf kommt's aber natürlich nicht an." Auf einmal klingt sie ernst. „Das ist so eine Art des, ich nenn' das mal: des Überlebens, verstehst du?" Sie duzt ihn. „Ich – muss zeichnen und meinen Alltag zeichnen, sonst geht's mir, ich sag' mal, nicht so gut." Sie lacht auf; etwas überrascht, dass die Maas so unvermittelt offen über sich selbst redet, nickt Jürgen.

Sie sind vom Rundweg um die Wiese, auf der Volleyball und Frisbee gespielt wird, Hunde toben, abgebogen in ein ruhigeres Waldstück. Plötzlich kommt Jürgen ein Gedanke. Wenn die Maas alles, was sie erlebt, zu einem Comic verarbeitet, was ist dann mit diesem Spaziergang hier? Sieht sie ihn dann gerade sozusagen innerlich als diese Comicfigur aus den Zeichnungen vor sich, die sie ihm geschickt hatte? Und ebenso die Bäume, die Wiese und vorhin die Nackten? Sein Herzschlag beschleunigt sich, seine Beine sind weich geworden, wie vor kurzem, als er in der B 4 feststeckte, weil er ein lächerlich hohes Gewicht eingelegt hatte. Zuerst denkt er, es sei wieder sein altbekanntes Ich-bin-in-eine-Falle-getappt-Gefühl, wie damals bei diesem Hofer und der Dokumentation. Aber Jürgen stellt zu seiner eigenen Überraschung fest, dass sich da eine gewisse, ja, freudige Erregung in ihm ausbreitet.

„Vor so einem Monat, da haben die Dinge aber eine Wendung genommen, die – nicht so cool ist, um es vorsichtig zu formulieren." Nach jeder Pause, so kommt es Jürgen vor, spricht die Maas in einer anderen Stimmlage, als ob sie sich verstelle. „Ich sag' jetzt mal das Stichwort. *Fans*. Die Ute gibt's ja jetzt schon über 10 Jahre, und in denen haben gewisse Fans eine gewisse Beziehung zu ihr entwickelt. Die G'fühle drahn duach, verstehst?" Sie kichert wieder. „Hast du mal 'n Blick ins Netz, also ins Internet geworfen?"

Jürgen schüttelt den Kopf, „Nein“, lügt er. Die Maas setzt ein Alice-im-Wunderland-Katze-Grinsen auf.
„Also. Ich erklär' das mal. Manchen Fans gefällt dieser und jener Charakter in ‚Ute‘. Anderen wiederum diese und jene Figur. Dann wollen die, dass Ute länger mit dieser Figur zusammenlebt. Andere aber mit einer anderen. Es gibt 'n Voting, ich habe damit natürlich nichts zu tun, die voten einfach so – für sich“, sie hält die Hand als Trichter vor den Mund: „Hey, Leute, machen wir 'n Voting!? Klar“, sie antwortet mit verschiedenen Stimmen, heiser, hoch, tief, die Frau ist ja ihr eigener Comic, „ja klar! Bin dabei! Natürlich! Voten! Geil!“, beide Daumen hoch. „O.K. – dann gibt es welche, die haben also eine Vorliebe für ein gewisses Hobby. Dann möchten die, dass auch die Ute dieses Hobby hat. Die haben ganz klare Vorstellungen, was Ute macht und wie die Geschichte weitergehen soll. Und das erzählen sie dir dann. Nicht nur im Internet, sondern auch persönlich. Bei Signierstunden. Die werden da richtig aufdringlich und verstehen nicht, dass das ja nicht nur *mein* Comic ist, sondern auch *mein* Leben, das ich da schildere. Machen Sie's doch soooo. Bitteee. Soho ist es viehiel besser! Ich meine: Holla, die Waldfee!“
„Haben dir die Comics eigentlich gefallen?“ Sie dreht sich auf dem Absatz zu ihm. Kein einziges Mal hat sie bis jetzt die Libellensonnenbrille abgenommen, hinter deren braunen Gläsern ihre Augen nicht zu erkennen sind.
Jürgen sagt: „Ja“, viel zu schnell und laut, und: „Die haben mich sehr ...“, er hört seine Stimme zittern, ohne dass er sie kontrollieren könnte, „... die haben mich – berührt.“
Die Erwartungen an dieses Treffen, die er die Tage zuvor immer unterdrückt hat, steigen wieder in ihm auf; aus irgendeinem blödsinnigen Grund hat er gedacht, er würde statt der Maas eine Art Ulrike treffen. Natürlich: unmöglich, idiotisch,

peinlich. Umso ärgerlicher, dass er nun enttäuscht ist und nach der Frage der Maas noch einmal dieses, ja, Glück spürt, das er empfand, als er die Comics auf dem Klo zum ersten Mal las.
Sie ist stehen geblieben. Er ist stehen geblieben. Dann sind sie weitergegangen.
„Hast *du* dir denn gefallen?“, fragt sie nach ein paar Minuten, in denen die Vögel gezwitschert und die Bäume gerauscht haben.
Er habe im Comic ja nur wenig Ähnlichkeit mit sich selber gehabt, erwidert Jürgen.
„Ja nun, so wie ich mit der Ute eben.“ Sie zieht an ihrer Zigarette. „Ich mach’ dir jetzt mal ein Angebot.“ Im Stil eines Versicherungsverkäufers: „Ich hab’ da ein gutes Angebot für Sie!“ Dann normal weiter, aber was heißt hier schon *normal*? Jedenfalls meint Jürgen eine gewisse Nervosität aus ihrer Stimme herauszuhören. „Es gibt ja so etwas wie Persönlichkeitsrechte. Also. Folgendes. Wie sag’ ich das jetzt? Ich will zwar auch in Zukunft weiter die ‚Ute‘ zeichnen, siehe: davon leben, aber ich hab’ eigentlich nicht mehr vor, mein eigenes oder sonst ein Leben darin zu verbraten.“ – Sie sagt *verbraten* – „Jetzt mal ganz ehrlich: Ich hab’ mich gefragt, ob ich beispielsweise dich oder halt deine Figur noch ein bisschen weiter auftreten lassen darf. Du hast ja neulich am Telefon dankenswerterweise die Erlaubnis für die Veröffentlichung des Massagecomics gegeben. Mal sehen, wohin das dann führt.“ Im Stil eines Politikers, mit der Hand Welten in die Luft malend: „Ich sehe blühende Landschaften! Wie auch immer. Die Fan-Foren finden den Jürgen, also dich im Comic, super. Daneben könnte ich endlich meine eigenen Sachen machen, wenn dann noch dafür Zeit ist, mal sehen. Für niemanden zeichnen, das wär’s doch. Nur für mich. An-

dere Figuren, Szenarien, Stile und so weiter. Sollen doch Ute und ihre Freunde in den Sonnenuntergang reiten, dat Ding is' ja sowieso ein Selbstläufer, wenn du mich fragst, auch wenn da mein Verlag immer zickt. Mach mal mehr exotische Schauplätze! Mach mal dies, mach mal das. Blablablaaa."
Sie klingt wie Clara.
„Also, Folgendes. Wenn du Bock hast, kannst du dich natürlich auch gerne einbringen. Also, wenn du willst. Mit Ideen, Geschichten, erfunden oder aus deinem wirklichen Leben, was auch immer. Ich will halt eigentlich nur deine Figur ..." – sie nickt ihm zu – „... weiterführen momentan. Die hat was. Die is' spannend."
Noch bevor er antworten kann, ist aus dem Waldstück schräg vor ihnen dumpfes Pochen gedrungen. Die Maas beschleunigt mit einem Mal ihre Schritte, biegt vom Weg ab, sie trägt schwarze Stöckelschuhe, trotzdem bewegt sie sich ohne Mühe durch den Matsch, sie schwebt geradezu. Jürgen folgt ihr nur widerwillig, wozu das denn jetzt? Von einem Baum, hinter dem eine sonnenbeschienene Lichtung zu sehen ist, winkt die Maas Jürgen zu. Das Pochen ist lauter und schneller geworden. Ein hoher Akkord erklingt, schwillt an.
„Abgefahren, wa'?", flüstert die Maas und kichert.
Auf der Wiese stehen zwei große schwarze Boxen, von denen orangefarbene Kabel zu einem Generator in einem kleinen Anhänger führen. Sein Summen ist trotz des jetzt laut einsetzenden fetten Bassbeats noch immer hörbar. Die vielleicht zehn Männer und Frauen, die Jürgen auf Mitte 20 schätzt und die Badehosen und Bikinis tragen, beginnen, in wilden Verrenkungen zu tanzen.

DAS LAND DER VERSCHWUNDENEN KINDER
Wenn Kinder verschwinden – und viele Kinder verschwinden einfach – ...
... kommen sie nicht etwa wie die Erwachsenen in den Himmel oder die Hölle ...
... sondern ins LAND DER VERSCHWUNDENEN KINDER
Alle sind dort. Louis, der 31., mit acht von seinem Stiefvater in den Hungerturm gesteckt ...
... die Kinder von Hameln, uneheliche und unauffällig beseitigte Nachkommenschaften, Überfahrene, Ermordete, zu spät Geimpfte.
Ulrike ist neu dazugekommen. Wie alle hier, ist sie zunächst noch ganz schön traurig. Heimweh hat sie. Nach ihrer alten Welt.

Aber bald ist das vergessen. So viel gibt es hier zu tun. Spielen, Reiten auf Welpen, Kätzchen, Bären – all den Tierjungen, die in der anderen Welt keiner wollte.
Vor allem aber trösten sie. Die traurigen Eltern. Die plötzlich einsamen Geschwister.
Und sie erscheinen. Den Mördern. Wieder. Und immer wieder.
Wollen ihre Schwestern und Brüder bewahren.
Manchmal laufen die Mörder dann (oder die, die es beinahe geworden wären). Laufen in Angst. Vor den Kindern. Den Kindern, die doch nicht mehr da sind.
Und die Kinder, die geretteten, in der anderen Welt. Sie ahnen es nicht, wer da hinter ihnen steht und sie beschützt. Immer.

Für die Dauer der Lektüre der Comics auf seinem Schreibtisch ist er regelrecht *weg*, mitten in dieser Traum- oder Alptraumwelt der verschwundenen Kinder, die für ihn sowohl etwas Beklemmendes als auch etwas am Ende überwiegendes Tröstliches besitzt.
Bei der Verabschiedung am Ausgang des Englischen Gartens beim Veterinärinstitut, wo es stark nach Pferd roch, ein Hahn krähte, hatte er noch gestammelt, dass er sonst eigentlich wenig mit *Cartoonzeug* anfangen könne, früher, in seiner Kindheit; Ted, dieser Teddybär Ulrikes, der auf allen Fotos zu sehen war, der habe ihm wohl das alles, wie solle er sagen, etwas verleidet, er sei eben im Unterschied zu anderen nie ein Freund von Comics gewesen, die Schlümpfe und so weiter, sie wisse schon, aber das solle sie jetzt nicht persönlich nehmen, weil ... Scheiße, eigentlich wollte er ihr ein Kompliment für ihre Bilder machen, stattdessen hatte er sich zunehmend in seinen eigenen Sätzen verhaspelt.
Ohne auf ihn einzugehen, hatte die Maas ihm dann die beiden DIN-A4-Comic-Seiten in einer Papprolle überreicht. „Habe ich nur für dich gezeichnet. Exklusiv sozusagen", hatte sie stolz gesagt, mit einem Knicks und derselben wichtigen Miene, mit der Clara als Kindergartenkind Jürgen ihre Zeichnungen geschenkt hatte. „Weiß schon, dass dir das alles seltsam vorkommen muss. Wie gesagt: Überleg dir das noch mal mit meinem Angebot. Ist auch nicht weiter tragisch, wenn's nicht klappt. Ich denke nur, dass es dir vielleicht Spaß machen könnte. Und ich persönlich fänd' es spannend."
Die Maas trug Male von Schnitten an den Armen, aus direkter Nähe konnte man sie unter der Puderschicht erkennen.
Jürgen behielt nach diesem Nachmittag im Park ein anderes Bild von ihr zurück. Auch wenn es ihm nicht gelang, ganz durch sie und ihre Rauchwolke hindurchzusehen, schien es

ihm doch unwahrscheinlich, dass sie beabsichtigte, ihn hinters Licht zu führen. Während abends auf der Rückfahrt im Zug hinter den Fenstern, den Spiegelungen des Waggoninneren, die Schemen der schon dunklen Landschaft draußen, die Dörfer, Wälder, endlich die Berge vorbeizogen, beschloss er, sich auf Cordula Maas einzulassen. Das Kribbeln im Bauch in diesem Moment deutete er als gutes Zeichen.
Er steht vom Schreibtisch auf. Für Momente kommt es ihm so vor, als wäre das Zimmer, das Haus, er selbst Teil des eben gelesenen Comics, als befände er sich selbst in diesem Schwarzweißreich, dem Land der verschwundenen Kinder.

INGA3: Schöööööön. Jetzt gibt's endlich wieder 'ne Beziehung. Bei mir klappt's ja überhaupt nicht damit zurzeit. Ich drück' dir die Daumen, Ute. 

fixfox: *Jürgen rocks*. Scheint ja kein so n Weichei zu sein wie der Sven. Mal sehen, wohin das führt ... bin mal gespannt ...

Harald: Ich war auch neulich in so einem Wellness-Center. Voll abgefahren. Da wird man ja nicht gesund, sondern krank, so steril geht's da zu. Wenn Ihr mich fragt: Homöopathie ist der einzige Weg.

fixfox: Dich fragt aber keiner.

RAPUNZEL7: hallo? manga??! 

Watchman: Sex!! 

Jürgen bewegt den Cursor auf *Wochenstrip*. Er wollte heute, am Veröffentlichungstag des ersten Comics nach Utes Wellness-Kurzaufenthalt in Prien, ganz cool bleiben und erst am Abend ins Netz gehen. Bei der Arbeit war er dann aber gar nicht bei der Sache, in Gedanken schweifte er immer wieder zum „Ute"-Comic; wie der wohl aussehe, was *er* darin mache, und auch: wie *er*, also seine Figur, bei den Fans ankomme. Die Maas hatte in ihrer E-Mail geschrieben, es werde sich um den Anfang einer längeren Geschichte handeln.
Jürgen überlegt kurz, ob er nicht doch noch vorher das weiße T-Shirt und die weiße Hose ausziehen soll – gleich nachdem er nach Hause gekommen war, hatte er sich an den Laptop gesetzt –, dann klickt er auf den Link.

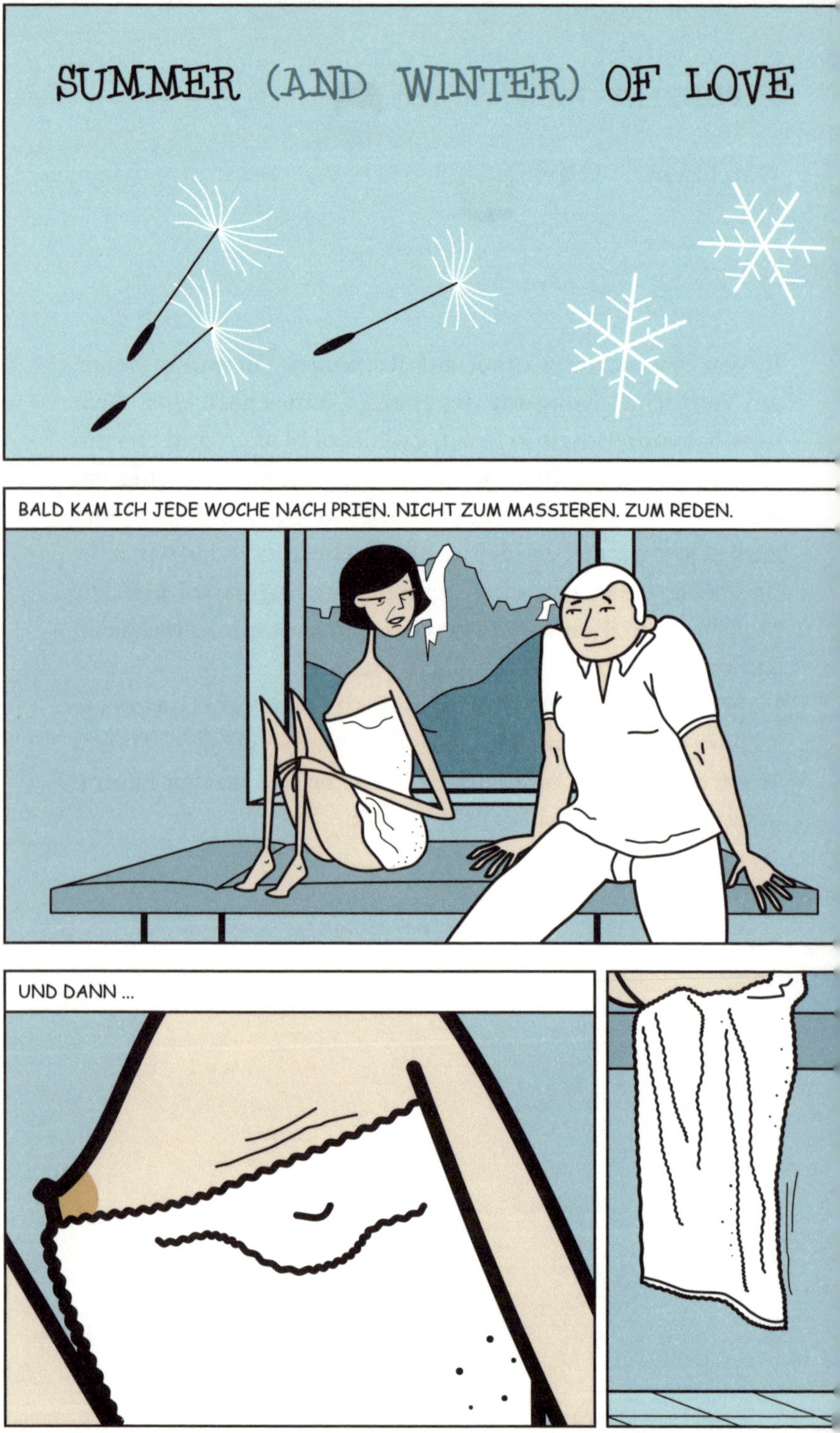
SUMMER (AND WINTER) OF LOVE
BALD KAM ICH JEDE WOCHE NACH PRIEN. NICHT ZUM MASSIEREN. ZUM REDEN.
UND DANN ...

WIE LANGE schwebt er hier schon? Stunden, einen ganzen Tag? Er könnte es nicht sagen, auch wenn er zu spüren glaubt, dass die Behandlungseinheit bald vorbei sein müsste, sich die Luke öffnet und Gina ihm heraushilft. Wird er überhaupt gleich stehen können? Er kann sich gar nicht vorstellen, dass ihn seine Beine tragen werden. Vage erinnert er sich an Aufnahmen von Astronauten, die nach ihrem Aufenthalt im All gestützt werden mussten; und dieser Tank wurde ja doch wohl ursprünglich von der NASA entwickelt, zur Erforschung der Schwerelosigkeit. Jürgen hat aufgehört, auf irgendwelche Geräusche zu achten, das Plätschern, wenn er sich bewegt, seinen Atem, hat nur schön auf die schwarze Decke über sich gestarrt, die nach einer Weile nicht mehr ein einen halben Meter von seinem Gesicht entferntes Metallteil war, sondern sich in den Ausblick in einen unendlichen Raum verwandelt hatte. Vielleicht sollte er wirklich regelmäßig hierher in den Keller des *WCs* kommen, wie Marat das Wellness-Center seit neuestem nennt. Svenja hatte ja gemeint, sie wisse gar nicht, wie sie noch ohne Floaten leben solle.

Etwas Seltsames ist geschehen. Sein Kopf hat sich entleert. Seine Gedanken sind aus seinem Gehirn als Bilder, Halluzinationen sozusagen, vor seine Augen gewandert, obwohl er die doch geschlossen hatte. Kein Wunder, dass John Lennon sich einen eigenen Tank zugelegt haben soll, wie Gina Jürgen nicht ohne Stolz erzählte, bevor er sich in die Wanne mit dem warmen Salzwasser legte und sie den Deckel zuschob. Jürgen sieht sein Leben vor sich. Seine Wohnung in Prien, die Räume des Centers. Das alles aber anormal, nun ja: bunt. Tatsächlich ist es ihm ja, seit er sich in den „Ute“-Kosmos hineinzusteigern begonnen hat, so vorgekommen, als haben die Comics seinen Alltag mit einer grellen Farbe

übertüncht; als sei Ute aus den Bildern, durch die Ränder hindurch, nach draußen gesickert. Und mittendrin: er selbst, Jürgen. Wie in diesem Film Anfang der 80er – wie hieß der noch ... er hatte ihn damals zusammen mit seinem Vater angeschaut, nebeneinander hatten sie beide auf dem Teppich direkt vor dem kleinen Schwarzweißfernseher gelegen ... „Tron“ hieß der – hat sein Körper sich Glied um Glied, erst die Hände, die Arme, dann der Oberkörper, hat sich Jürgen in den Comic-Jürgen verwandelt, der nicht nur ein Muskelpaket ist, sondern auch souverän über den Dingen steht – und doch zugleich, ja, wie auf Drogen, aufgekratzt, durch die Welt läuft, *happy*. Selten, vielleicht in der Anfangsphase seiner Beziehung mit Monika oder bei der Geburt Claras, hatte er sich derart gelöst gefühlt. Dumpfes Pochen. „Ich mach' dann mal auf“, das ist Gina.
Jürgen blinzelt, obwohl das Licht gedimmt ist.
„Wie war der ... Trip?“
„*Trip* ist gut. Das solltest du mal dem Eike zeigen, von den Ergos. Dann bräuchte der kein Gras mehr“, sagt Jürgen und passt, während er sich vorsichtig aufsetzt, auf, dass er im Wasser nicht zur Seite kippt. Ob eigentlich irgendjemand im WC weiß, dass Jürgen mittlerweile eine Comic-Figur hat beziehungsweise ist? Wäre es zum Beispiel Gina zuzutrauen, dass sie Comics liest? Ein wenig wackelig auf den Beinen ist Jürgen in Richtung Umkleide gelatscht. Als er die beiden anderen Floating-Tanks sieht, vor seiner Behandlungseinheit noch aufgeklappt, nun geschlossen, hat es ihn eigenartig berührt, dass darin gerade, genauso wie er noch vor ein paar Minuten, Menschen schweben, in einer Salzlösung.

UTE LIEGT nackt auf der Liege, auf dem Rücken. Er ist aus seiner Hose geschlüpft, hat sich zwischen ihre vom Massageöl glänzenden Beine gelegt, die sie sofort um ihn schlingt, sie führt sein Glied ein, er beginnt sich zu bewegen, vor und zurück. Utes Kopf hängt von der Liege, sie hält sich mit beiden Händen an den Kanten fest, sie würde sonst herunterrutschen. Er spreizt ihr die Beine, packt sie an den Füßen. Mit der rechten Hand krallt sie sich in sein Gesäß. Sie hat stumm den Mund aufgerissen, keucht, blickt ihm von unten in die Augen.

Als er gekommen ist, schaltet er die Nachttischlampe ein und wischt sich das Sperma vom Bauch. Was wohl Cordula dazu sagen würde, dass er mittlerweile sogar schon beim Masturbieren ihre Schöpfung vor Augen hat?

ER IST wesentlich früher erwacht als sonst.

Hinter den Berggipfeln vor dem Fenster fängt der Himmel gerade erst an, sich grau zu verfärben. Auf dem Laptop auf dem Schreibtisch erscheint die Startseite der „Ute“-Homepage. Cordula Maas hatte ihm gemailt, dass sie irgendwann in der Nacht den zweiten Teil der Story poste, der sei schon lange fertig, auch der dritte und vierte Teil existieren bereits, sie könne sie ihm schicken, „do you want me to?“. Jürgen wollte aber Cordula Maas gegenüber nicht zeigen, was für ein regelrechtes „Ute“-Fieber ihn ergriffen hatte, das zunahm, je weniger Tage es noch bis zur Veröffentlichung des neuen Teils waren, „no thank you“.

Er klickt auf *Wochenstrip*.

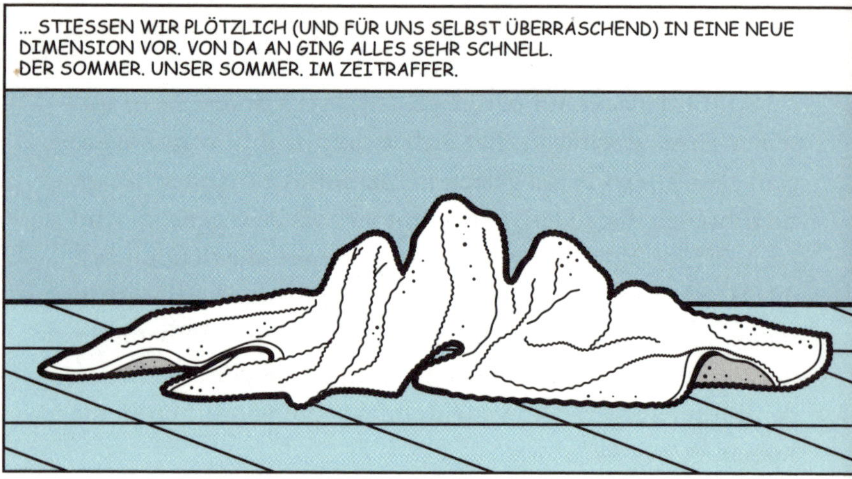
... STIESSEN WIR PLÖTZLICH (UND FÜR UNS SELBST ÜBERRASCHEND) IN EINE NEUE DIMENSION VOR. VON DA AN GING ALLES SEHR SCHNELL.
DER SOMMER. UNSER SOMMER. IM ZEITRAFFER.

... UNSER AUSFLUG IN DIE DOLOMITEN ...

... ZUM ERSTEN MAL ZU DRITT. ANFANGS HATTE ICH ANGST, INGA WÜRDE WIEDERMAL MEINEN NEUEN PARTNER HASSEN – UND MEINE BEZIEHUNG WÜRDE DESHALB (WIEDERMAL) IN DIE BRÜCHE GEHEN.

DER SILBERNE RAHMEN des Laptops. Der Schreibtisch mit der aufgeklebten Holzmaserung. Die Fensterscheiben, die mal dringend geputzt werden müssten. Die Nacht draußen. Die schwarzen Berge.

Jürgen versucht sich abzulenken, die Zeit zu überbrücken, bis 6 Uhr, bis die Maas, wie jetzt schon seit zwei Wochen, den neuen Comic ins Netz stellt, noch knapp eine Viertelstunde. Zumindest hat er inzwischen an seinem eigenen Verhalten ein gewisses Muster feststellen können, so dass er glaubt, die Lage einschätzen zu können. Das beruhigt doch irgendwie. Phase 1, erster und zweiter Tag nach dem Comic: erhöhter Puls, das, was er das „Comic-Jürgen-Gefühl" nennt, eine Art Adrenalin-Dauerausschüttung, gute Leistungen im WC, charmant und witzig gegenüber den Patienten, hier und da ein ganz entspanntes Pläuschchen mit Svenja, ohne irgendwelche Hintergedanken, von wegen: wie komm' ich gerade rüber, genau so, wie er es sich immer gewünscht hatte. Dann Phase 2, Tag drei bis fünf: Er baut rapide ab, wird lustlos, ein Griesgram. Mit jeder Stunde, so scheint es, wird seine Umgebung grauer, schließlich schwarzweiß, als flösse die Farbe der Comics wieder ab.

Um sich für den Alltag zu motivieren, ja, damit er es überhaupt aus der Wohnung schafft und den Patienten nicht eine reinhaut, statt sie zu massieren, ergänzt er sein Wissen über das „Ute"-Universum; bei der monatlichen Ü-40-Feier im Center war er nicht erschienen. Es kommt ihm in letzter Zeit immer öfter so vor, als sei das Center eine vollkommen andere Welt, die nichts mit seinem wahren Leben zu tun hat. Eike, Marat und Svenja unterhalten sich zwar mit ihm, lachen mit ihm, lästern über Kollegen und Patienten; aber wissen sie, was im Moment wirklich in ihm vorgeht?

In „Ute 31" war Ute allein zu einer Südseereise aufgebrochen und hatte sich auf einer Tour durch den Tropenwald den Fuß verstaucht. Es hatte zu regnen begonnen, sie hatte eine Art „Lost“-Tagtraum gehabt, in dem sie zusammen mit einer Gruppe Überlebender eines Flugzeugabsturzes auf der Insel gefangen war. In einem Bunker unterhalb eines Bergmassivs musste sie jede volle Stunde auf eine Taste drücken. Dort saß sie dann – immer dasselbe Bild: tastendrückend, Ute wurde darüber hutzelig und grau. In „Ute 12“ absolvierte sie in London ein Volontariat in einer Werbefirma, während dessen sie ein Fototagebuch führte. Die Comics gingen an diesen Stellen teilweise in Fotostrecken über, die offensichtlich eine junge Cordula Maas in Ute-Verkleidung – Ute-Perücke, Ute-Kleid, Ute-Schuhe – vor Sehenswürdigkeiten und mit Freunden zeigte.

Oder er gräbt alte Heavy-Metal-Platten aus seiner Schulzeit aus. Blättert in Fotoalben von damals. Surft nach diesem und jenem Namen. Was wurde aus dem. Was macht der jetzt. Das Ergebnis war kein Ergebnis gewesen. Hier und da tauchte einer seiner ehemaligen Mitschüler auf in der Liste eines Unternehmens, einer Kanzlei oder einer Bank. Manfred war Zahnarzt geworden, wollte der nicht beim Bund bleiben? Billy war nirgends zu finden, in der *Google*-Welt existierte sie nicht; der Robert auf dem Foto besaß lediglich dasselbe Lachen wie der Robert aus Ising; vielleicht hatte der Mann auf dem Foto nur denselben Namen, war aber in Wirklichkeit ein anderer Robert.

Noch acht Minuten. Er öffnet zum x-ten Mal Cordula Maas’ letzte E-Mail von vorgestern. *Einladung zur Signierstunde auf dem Münchener Comicfest mit Cosplayer-Competition* steht da. Er wird auf jeden Fall hinfahren, sogar jetzt hebt das bloße Lesen der Ankündigung seine Stimmung. Nachdem er die Mail erhalten hatte, nahm er zum ersten Mal seit längerem wieder

seinen Terminkalender zur Hand, um sich den nächsten Samstag zu notieren; dabei fiel ihm auf, dass die letzten drei Wochen gar keine Eintragungen enthielten – weiß, alle Seiten. Nicht einmal die Tage, an denen er Clara haben durfte, hatte er hineingeschrieben. Während dieser zweiten Phase ist es ihm nun schon ein paarmal passiert, dass er einen Aussetzer hatte. Über die Lektüre der *Ute*-Comics, an die sich oft Gedankenspiele anschlossen, wie es weitergehen könnte – also nicht in seinem Leben, sondern in jenem des Comic-Jürgen –, übers Surfen im Netz vergaß er wichtige Termine. So wartete Clara am Dienstag vergeblich vor der Schule auf ihn, rief Monika ihn zunächst ganz besorgt an und war dann außer sich, als ihm auf die Schnelle keine Ausrede einfiel und er ihr mit einer ihn selbst beschämenden Plumpheit die Wahrheit gestand. Vergessen. Auch die Spätschicht vergangenen Freitag, zu der er nicht erschienen war. Marat, der für ihn eingesprungen war, war richtig sauer. Aber so sehr Jürgen auch versucht, sich daran zu erinnern, was eigentlich so geschehen ist die letzten Wochen: Die gesamte Zeit, die er im Center verbracht hat, ist in seinem Kopf wie ausgelöscht.
6 Uhr 01. Klackernd tippt er die inzwischen schon wie oft eingegebene Tastenkombination – neulich bemerkte er, dass seine Finger, wohl zur Entspannung, auf der Zeitung auf dem Tisch im Aufenthaltsraum im WC genau dieselbe Bewegung vollführten, die Startseite entpixelt sich, unten am Bildschirm: die Besucherzahl der Seite, 2703002; 200 oder 300 davon war er, da ist der Link, da ist es …

GRUNDLOS.
ALLES DAMALS KOMMT MIR
JETZT, IM NACHHINEIN, WIE
EIN TRAUM VOR ...

SIMULTAN ZUM GITARRENSOLO aus dem Fernseher bewegt Jürgen seine Hand mit dem Plektrum auf den imaginären Saiten auf und ab, die linke Hand greift am imaginären Hals die Akkorde. Jetzt auf den Knien. Jetzt hinter dem Kopf. Endlich mal richtige Musik. Wie er die Dauerberieselung durch diese Konservenesokackmucke im Center hasst. Er hält kurz inne, weil ihm übel geworden ist. Der *Guns-'n-Roses*-Schlagzeuger im Video – Steven Adler? Oder ist das Matt Sorum? War Sorum schon bei „Appetite for Destruction" dabei, oder kam der erst bei „Use your Illusion"? – sitzt hinter seinen Drums *im* Meer: Die unsichtbare Plattform, auf der er sich befinden muss, bildet eine Ebene mit der Wasseroberfläche. Jürgen winkelt die Arme an und spielt mit imaginären Sticks. Axl Rose schwimmt durch die Wellen, klammert sich an die Rückenflosse eines Delphins. Rose hatte vor kurzem einen der Songs aus seinem seit Jahren angekündigten Album im Fernsehen vorgestellt. Als Jürgen diesem aufgeschwemmten und mehrfach gelifteten Wrack bei denselben Posen wie früher zusah, war ihm klar, dass er nicht mehr auf das Album zu hoffen brauchte, da es ohnehin, wenn es denn jemals erschiene, nie im Leben an die früheren Sachen der Band anknüpfen würde. Der Name war der alte geblieben. Es würde sich aber um eine völlig andere Besetzung und Musik handeln. Jürgen *bangt*.

ER MUSS dringend – dringend! – die Müllsäcke hinausbringen, die schon seit Tagen im Flur vor sich hin schimmeln. Und Monika wegen Clara anrufen. Dass sich das mit ihrem Einzug noch um ein, zwei Tage verzögert, er sei noch nicht so weit, habe ihr Zimmer noch nicht fertig, es gebe gerade so viel in der Arbeit zu tun. Dass ihm die wichtigen Sachen immer erst einfallen, kurz bevor er sich den neuen Comic im Netz anschaut. So geht das nicht weiter. Hat er das alles nicht schon genau so letzte Woche, hier, am selben Ort, zur selben Zeit, im Arbeitszimmer am Schreibtisch, 6 Uhr, draußen noch Nacht, die in der Dunkelheit matt schimmernden schneebedeckten Gipfel, gedacht, oder ist das heute tatsächlich das erste Mal? Er sollte sich das aufschreiben, damit er nicht nächste Woche wieder hier sitzt und dasselbe denkt. Und der Dreitagebart. Der muss unbedingt ab. Noch vor der Arbeit heute. Und er muss Cordula anrufen. Ja. Das ist die Lösung. So geht das nicht weiter. 6 Uhr. Wie war das früher in Augsburg-Hochzoll? Nur ein paar Schritte, und er steht vor den Flamingos. Und jetzt – nur ein paar Klicks und …

... ALS ICH WÄHREND EINES ABENDESSENS (ODER WAR ES BEIM FRÜHSTÜCK?) IN EIN GLAS SCHAUTE UND DACHTE: DAS SIND **WIR**.

... ALS ICH IHN EINES TAGES IN MEINE COMICSAMMLUNG VERTIEFT SAH. DEN GANZEN SOMMER LAS ER NICHTS ANDERES. ER MEINTE DAMALS, ER WUSSTE GAR NICHT, „DASS ES COMICS GIBT".

... ALS INGA ZURÜCK IN DIE SCHULE MUSSTE, ZU HARALD, NACH HAMBURG, UND WIR SPONTAN BESCHLOSSEN, UNS UNSERE LIEBLINGSORTE ZU ZEIGEN. IN EUROPA.
LONDON
PARIS
ROM
MADRID

ER HÄTTE NICHT in die Glühbirne schauen sollen, es ist ein stechender Schmerz hinter seinen Augäpfeln; außerdem sieht er jetzt überall, auf den Möbeln, dem Teppich, den Bergen draußen vor dem Fenster, einen grellen Fleck. Zumindest ist Claras Zimmer nun eingerichtet, er muss nur noch die Wohnung in Schuss bringen, damit Monika, wenn sie Clara nächste Woche vorbeibringt, nicht der Schlag trifft und sie denkt, er lasse sich gehen und habe die Kontrolle über sein Leben verloren, verwahrlose (I wo, Monilein. Wenn ich nicht Halbnackte massiere, sitze ich vor dem Computer und schau' mir meine Abenteuer als Comic-Figur an. Sonst aber alles fit, ne. Und bei dir so?). Monika plagt ja noch immer ein schlechtes Gewissen, weil sie es war, die ihn verließ; kommt ihm manchmal deshalb entgegen – überaus großzügiges Begleichen eines Teils der gemeinsamen Hypothek, wohl auch, weil sie durch einen gewissen Gustav Heinze ausreichend Kohle hat; und jetzt kriegt er auch noch Clara; Monika kauft sich sozusagen frei und ist dafür bereit, bei ihren Freundinnen als Rabenmutter zu gelten. Es wäre unklug, diesen Bonus aufs Spiel zu setzen.

Ihm war das alles zu viel geworden. Das ständige Auf und Ab wegen der Comics, Claras Einzug demnächst. Eigentlich hat er sich inzwischen in der momentanen Situation, die ja ursprünglich nur eine Übergangslösung war, ganz bequem eingerichtet, nahezu „griabig“, wie Eike immer mit hasserfüllter Miene die Einheimischen hier nachahmte. Je länger Jürgen nun schon sein Leben von den Comics bestimmen lässt, desto weniger freut er sich auf die Veränderung, die Clara bedeutet, obwohl er das nicht möchte. Er liebt sie doch. Vielleicht, weil er das mit den Comics weder Eike und schon gar nicht Marat erzählen kann und weil ihm die grundlos sich selbst auferlegte Warterei auf die Fortsetzung der Geschichte, *seiner* Geschichte, wenn man so will, dann doch zu lang wurde, hatte er eines Abends die Person angerufen, deren Alter Ego er inzwischen besser zu kennen glaubte als sie selbst: Cordula.

Nur mühsam konnte sie ihre Freude über seinen Anruf verbergen, wie er zu hören meinte, ihre Stimme zitterte bei den ersten Sätzen. Ob er nun nicht doch auf ihr Angebot – sie wisse schon, sich auch mal die anderen Comics anzugucken, also die, die es schon gebe, die aber noch nicht gepostet seien –, ob er das wahrnehmen könne. Die vorher zurechtgelegten Worte hatten steif geklungen, wie bei einem Geschäftsgespräch. Aber was war das hier eigentlich? Ein netter kleiner Plausch unter Freunden? Bekannten?

„Klaro", hatte Cordula fröhlich geantwortet. „Sitz' gerade am letzten Bild. Hatte da eh noch mal was geändert. Deshalb Vorschlag: Ich schick' dir 'n paar Skizzen für die Geschichte. So als Vorgeschmack und bis ich ganz fertig bin. Fänd' ich witzig zu wissen, was dir zu meinem Gekritzel einfällt, was du meinst, was die Geschichte drum herum ist, und das dann zu vergleichen mit den echten Comics. Das ist ja immer das worst case scenario, wenn ich so endlos vor einem einzigen Bild sitze und mir fällt einfach nix ein, kein Vorher, kein Nachher, nix. Als ob der Micky-Maus-Arm-Minutenzeiger an der Uhr sich nicht von der Stelle bewegt, so ist das. Aber dann ist das auch das absolut Beste, multipler Orgasmus sozusagen, wenn ich plötzlich ein zweites Bild vor mir sehe, so innerlich, und da entsteht etwas, eine Geschichte, und ich fange zu zeichnen an, wie wild, und weiß ganz genau, wohin dieses eine Bild führt, wohin das will. Oft schau' ich dann, wenn ich fertig bin und zwei, drei Bilder hab', aus dem Fenster – und schwupsdiwups isses Abend geworden. Oops – jetzt hab' ich mich aber ein biss-

chen verplaudert. Sorry. Is' immer so, wenn ich gerade gearbeitet hab'. Stichwort: Kaffee."
Jene im Vergleich zu ihrem Spaziergang im Englischen Garten etwas andere Cordula Maas – ehrlicher, nicht mehr so geschäftstüchtig, diesmal will er was von ihr, nicht sie von ihm – hatte etwas in Jürgen ausgelöst, das ihn selbst überraschte. Es war, als formten ihre Worte einen Schlüssel, der einen Bereich, einen Raum in ihm aufschloss, von dem er nicht gewusst hatte, dass er ihn in sich trug.
„Hey, Stichwort: Vorm-Computer-sitzen-und-warten-und-sich-währenddessen-vorstellen-was-im-Comic-passieren-wird", hatte er begonnen und über sich selbst schmunzeln müssen. Eine ganze Weile hatten sie beide nur so herumgealbert.
Dann Cordula: „Wie fänd' es der Jürgen, wenn er seine Ideen in die nächsten ‚Ute'-Comics mit einbringt?"
Jürgen: „Das fände der Jürgen ziemlich dufte."
Er würde sich melden, wenn er *etwas habe* und natürlich, sobald die besprochenen Comics bei ihm ankommen, so waren sie verblieben, „Tschüssi, Jürgen", hatte Cordula sich verabschiedet.
Er läuft durch die Wohnung zu seinem Laptop im Schlafzimmer, noch einmal die Skizzen anschauen, die ihm Cordula geschickt hat und zu denen er sich eine Geschichte ausdenken soll. Es ist nicht so einfach, sich zwischen den Müllsäcken, der Schmutzwäsche und den alten nie gelesenen Zeitungen zu bewegen, ohne versehentlich einen der Haufen umzuwerfen und das Chaos dadurch zu vergrößern. Das alles muss unbedingt verschwinden, bevor Clara einzieht. Wie lange haust er eigentlich schon so? Er fährt den Laptop hoch, *klick, klick*, Fenster auf.

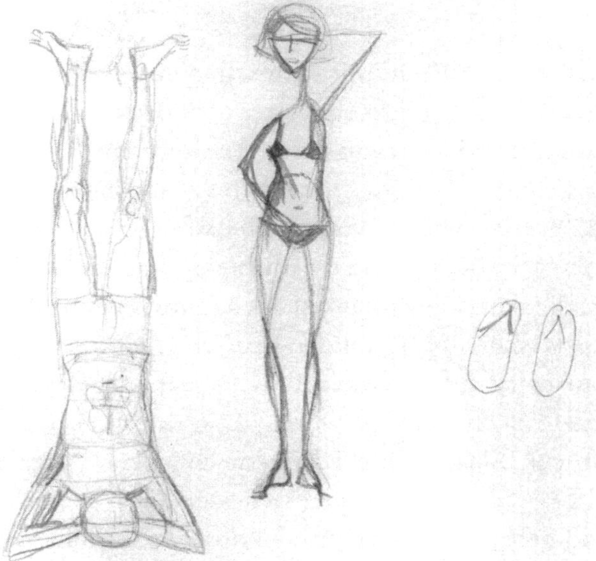

Ein Sommerurlaub? Ein Freibadbesuch? Ute und Jürgen fahren an den Chiemsee. Sie surfen. Sie fliegen nach Los Angeles. Hollywood. Jürgen will zu dem Bild nichts einfallen. Auch zu dem nächsten nicht. Moment. Eine Zeitreise? Oder etwa … Ute wird schwanger? Gute Güte! Jürgen schwängert Ute?!

DIE VIERZIGJÄHRIGE mit dem schönen Gesicht und den zu dicken Oberschenkeln steigt aus dem Becken. Ihr Körper ist schwarz, ziemlich genau bis zu der Stelle am Hals, wohin ihr der Schlamm reichte. Jürgen muss an dieses Bild aus „Max & Moritz" denken. Von einem Bäcker waren die beiden zu Broten gebacken und in einem Lagerraum abgestellt worden, wo sie damit begannen, sich von innen herauszuknabbern, so dass ihre Köpfe aus den Krusten schauten.

Die Frau geht mit festem Schritt in die Richtung der Umkleidekabinen. Normalerweise würde Jürgen im Moorbad sitzen bleiben, den Blasen beim Blubbern und den Gästen beim Entspannen zusehen, relaxen, vielleicht hätte er noch Eike Bescheid geben sollen, der Jürgen doch tatsächlich neulich ganz aufgeregt erzählte, er habe durch einen Zufall herausgefunden, dass man von einer bestimmten Stelle vom Dach des Centers aus einen wunderbaren Ausblick auf den Sauna-Rasen habe. Und das nach über sechs Jahren, in denen er immer davon geträumt habe. Das Gute liege eben so nahe.

Einfach so zum Relaxen ist Jürgen aber nicht hier, in der Therme Bad Aibling, wo er, obwohl die Stadt in der Nähe von Prien liegt, noch nie war, wozu auch? Zum Massieren etwa? Heute wollte er aber mal ein bisschen schauen, was die Konkurrenz so zu bieten hat. Die Aiblinger schaufeln ja den Prienern ganz schön die Gäste ab mit ihrer neuen High-Tech-Therme. Da kann es nicht schaden, Werksspionage zu betreiben, sich vielleicht auch umzuhören, ob die Aiblinger nicht zufällig gerade einen fortbildungswilligen Physiotherapeuten suchen. Außerdem wollte Jürgen Material sammeln, Ideen für eine Fortsetzung des „Ute"-Comics, im Auftrag ihrer Majestät: Cordula Maas, na ja, eigentlich ziemlich verrückt das Ganze.

Noch während er zum Auto ging, durch den feucht-kühlen Abend, der Nebel vom See in den Straßen, hatte er sich fest vorgenommen, beim Parkplatz wieder umzukehren, nur um dann am Ende doch hierherzufahren, in dieses Stückchen 21. Jahrhundert, die Ansammlung von Iglus, die zwischen den Bauernhäusern mit den Geranienstöcken auf dem Balkon, zwischen den familieneigenen Metzgereien und Trachten-Geschäften so aussah, als habe hier ein Ufo einen Zwischenstopp eingelegt. Oder als entstehe hier ein bayerisches Auroville. Es war der Anblick dieser erleuchteten Kuppeln der Therme, der Jürgen beim Aussteigen richtig Lust machte, jetzt einmal so zu tun, als sei er der Comic-Jürgen.

Dies ist ein Comic.

Blubber! steigt Jürgen aus dem Becken (Dampf!). Breitschultrig wie ein General, im nächsten Moment sich duckend, zur nächsten Ecke hastend, dabei in seinen Bewegungen geschmeidig wie ein Leichtathlet folgt er, ***patsch-patsch*** (leise), der geheimnisvollen Besucherin in den Korridor. Neonlicht. Schwarz auf blau: die Schlammreste auf den Kacheln. Fußspuren führen rechts zu der Umkleide der Damen, links zu der der Herren. Kurzes Grübeln (sich am Kinn kratzen), Umschauen (Zungenspitze aus dem Mundwinkel stecken), Jürgen schlägt sich nach rechts. Auf, zu und wieder auf schwingt noch die Holztür der Umkleide. ***Zungzazung*** ... In dem mit jedem Ausschlag schmaler werdenden Spalt erkennbar: ein Spiegel, darin: das Gesicht der schönen Geheimnisvollen (Jürgen nennt sie *The Secret*). Das Wasser gluckert, sie wäscht sich: vorbeugen, Gesicht in Hände, mit den Händen den für Jürgen nicht sichtbaren Körper benetzen. Weiß-zart rosafarben: ihre Haut.

Wie wäre es, wenn sie eine Narbe hätte, denkt Jürgen, geb' ich ihr eine Narbe, während er noch immer da steht und auf die inzwischen zugeschwenkte Tür schaut.

Unter dem Schlamm war ihre Haut vernarbt.

Warum nicht? Ein guter Satz. Aber wie weiter? Wird Cordula überhaupt damit etwas anfangen können? Sollte er ihr das nicht besser aufzeichnen?
Jürgen trottet zurück durch den Korridor, ***patsch-patsch*** (leise): seine Füße.

IM ZUG nach München checkt er nochmals seinen Account, ob ihm Cordula mittlerweile den Rest der Story geschickt hat. Ihm wird kurz schwindlig, als er sieht, dass er tatsächlich eine E-Mail von Cordula erhalten hat. Der Zug ist in einen Tunnel gefahren. Jürgen schaut auf sein lächelndes Spiegelbild im Fenster, dann klickt er auf *Anhänge herunterladen*.

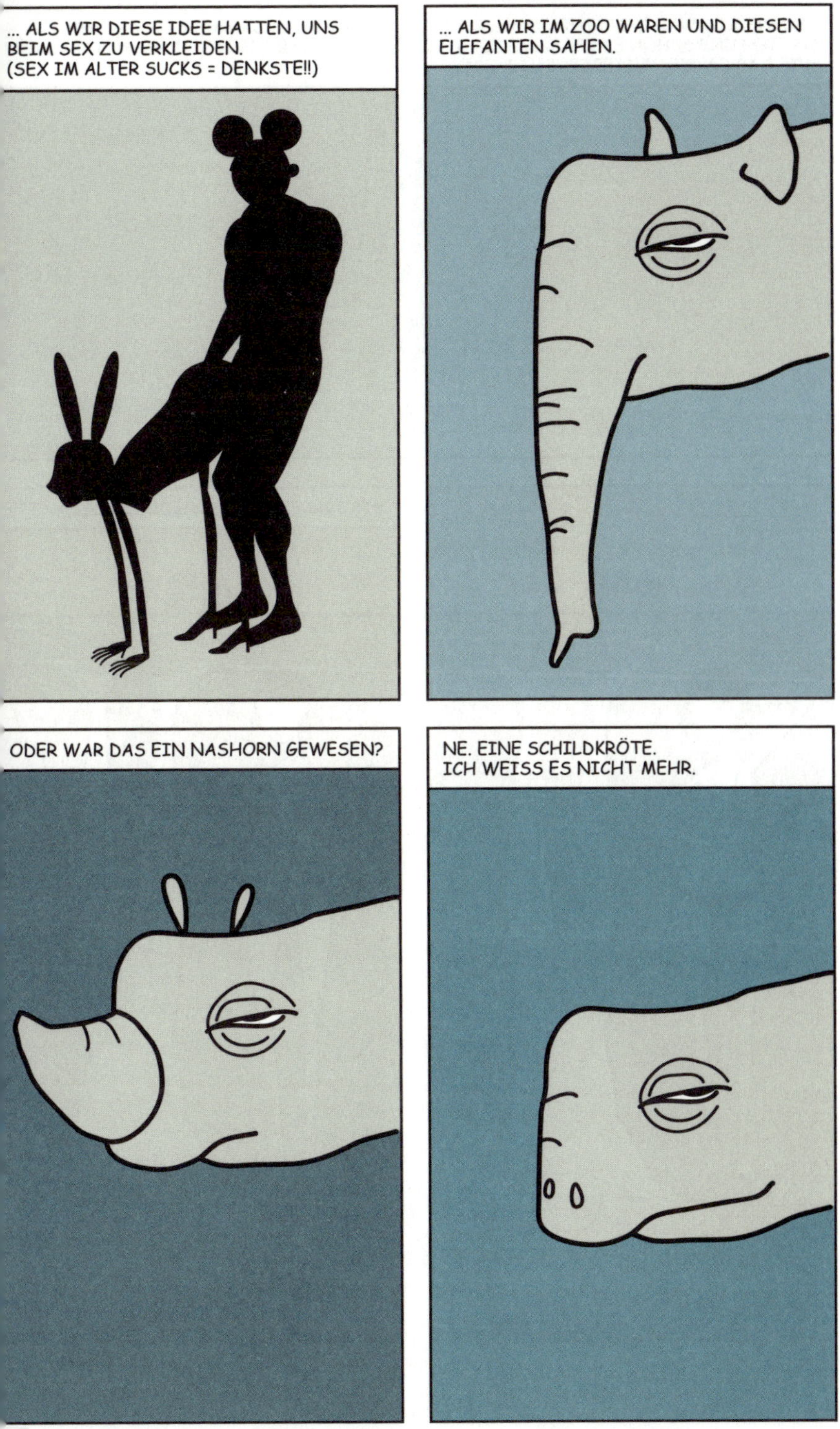
... ALS WIR DIESE IDEE HATTEN, UNS BEIM SEX ZU VERKLEIDEN.
(SEX IM ALTER SUCKS = DENKSTE!!)
... ALS WIR IM ZOO WAREN UND DIESEN ELEFANTEN SAHEN.
ODER WAR DAS EIN NASHORN GEWESEN?
NE. EINE SCHILDKRÖTE.
ICH WEISS ES NICHT MEHR.

JEDENFALLS WAR DANN DER SOMMER VORBEI, ICH WAR ZU JÜRGEN GEZOGEN. WIR HATTEN UNS SCHON EIN PAAR MAL GESTRITTEN - ICH WAR MIR NICHT MEHR SO SICHER, WIE DAS GANZE WEITERGEHEN WÜRDE.
BIS JÜRGEN PLÖTZLICH DIESE IDEE HATTE.

HEY, ICH SEH DAS GERADE GANZ KLAR VOR MIR. NEN TEDDYBÄR. EIN KINDERBUCH. EIN TEDDYBÄR, DER ABENTEUER ERLEBT.

TED

DEN GANZEN WINTER ERZÄHLTEN WIR UNS TED-GESCHICHTEN.
ALS HÄTTE ES TED SCHON IMMER GEGEBEN. UND ICH ZEICHNETE.

WIR WAREN EIN GUTES TEAM.

UND WENN ICH MAL VON MEINEM TISCH AUFSCHAUTE, KONNTE ICH MIR GAR NICHT MEHR VORSTELLEN, DASS ICH ERST SEIT EIN PAAR MONATEN HIER WAR.
RIN-MASSAGEN
VERLAG
VERLAG
MASSIEREN GEHT ÜBER STUDI
TINTIN IN TIBET
BATMAN
TINTIN AND THE BLACK ISLAND
SCHMERZEN GIBT ES N
UTE 1
SCHMERZTHERAPIE
KNIE KAPUTT 1
UTE 2
ISAAK DER PIRAT
DONJON
DIE TING-TONG-TECHNIK
PEANUTS
RÜCKENSCHULE 1
RÜCKENSCHULE 2
JIMMY CORRIGAN
A WIE AUA
12423
12883
52355
23871
15483
92232
78832

ICH HATTE KEINE ERINNERUNG MEHR AN DAS „VORHER".
RIN-MASSAGEN
VERLAG
VERLAG
MASSIEREN GEHT ÜBER STUDIER
TINTIN IN TIBET
BATMAN
TINTIN AND THE BLACK ISLAND
SCHMERZEN GIBT ES NIC
UTE 1
SCHMERZTHERAPIE
KNIE KAPUTT 1
UTE 2
ISAAK DER PIRAT
DONJON
DIE TING-TONG-TECHNIK
PEANUTS
RÜCKENSCHULE 1
RÜCKENSCHULE 2
JIMMY CORRIGAN
A WIE AUA
12423
12883
52355
23871
15483
92232
78832

ES GIBT viele Utes. Dicke, dünne, schwarzhaarige, brünette, blonde, mit und ohne Zahnspange. Alle aber im Teenager-Alter und im mehr oder weniger perfekten Ute-Kostüm. In einer laut gickernden, aufgeregt rufenden Traube zwängen sie sich plötzlich in einem der engen Gänge zwischen den Verlagsständen auf der Comicmesse an ihm vorbei. Lange wird er diese stickige Luft in der Halle nicht ertragen können. Hoch über ihnen spannt sich die spitze Decke des Alten Rathaussaals, eine Bordüre mit kleinen, bunten, mittelalterlich gekleideten Figuren, ein Bauerntanz oder so etwas Ähnliches, läuft an der Wand entlang, Bilder oder Skulpturen? Jürgen kann es nicht genau erkennen. Aus der Ferne ist am anderen Ende des Raumes ein Banner mit dem „Ute"-Schriftzug zu sehen. Auf der Bühne darunter, an Tischen, sitzen vier Leute, die zweite von rechts, voilà: die Cordula. Vor der Bühne: eine Ansammlung von Cosplayers, auch solchen, die sich als Gestalten aus anderen Comics verkleidet haben, Manga-Kriegerinnen in aufreizend-unschuldigen Schuluniformen, Fantasietiere: halb Löwe, halb Mensch, Jungs mit langen schwarzen Mänteln, Sonnenbrillen und Plateaustiefeln, als seien sie vom Schulhof in Ising aus den 80ern direkt hierhergebeamt worden. Die Stimme des Moderators dröhnt aus den Lautsprechern zu Jürgen herüber, die ersten Teilnehmer werden auf die Bühne gebeten. Drei Utes haben sich vor den Tischen aufgestellt, vor der *Jury*, wie Jürgen jetzt klar wird.

„Wir spielen eine Episode aus ‚Ute 3' nach", fiepst eine der Utes und sagt dann offensichtlich auswendig gelernte Sätze auf, die die zweite und dritte Ute weiter und zu Ende führen, ein Ute-Chor, der wohl – selbst erfunden? Aus den Bänden übernommen? – einen Monolog der unglücklichen Ute zu Schulzeiten vorträgt, als sie, Ute, Cordula Maas, wer auch immer, gehänselt wurde und Angst davor hatte, schwanger zu werden.

Ute 1: Manchmal denke ich ...

Ute 2: ... ich wäre gern ...

Ute 3: ... eine Ratte (*betont*) und könnte mich ...

Ute 1: ... im Keller verkriechen ...

Ute 2: ... in einem System aus Gängen ...

Ute 3: ... in dem nur ich mich auskenne.

(*Ute 1, 2, 3 kauern sich auf der Bühne zusammen und fiepen, kriechen ab, Applaus*)

Einer der Juroren lacht gequält. Nächste Gruppe: zwei Mädchen in Schuluniformen mit Plastikschwertern.

Nach dem Ende des Cosplayer-Wettbewerbs hat Jürgen, unschlüssig, was er tun soll, der schnell anwachsenden Schlange der Fans vor Cordulas Tisch zugesehen. Klar, die Vorstellungen eben und diese etwas, hm, gestörten Teenager überall – in der Schule sind sie Loser, werden gehänselt, die Jungs: Pickel, Brille, die Mädels: Fettpölsterchen, hier sind sie unter sich, stark, eine, wie sagt man noch, *Community* – haben nicht mehr wie noch beim Chatten im Netz etwas Amüsantes, sondern berühren Jürgen peinlich, irgendetwas stimmt nicht mit diesen Fans, mit der Pappkulisse auf der Bühne, dem mit Girlanden geschmückten „Ute“-Schriftzug darüber; in den Comics wirkt der seltsamerweise *wirklicher*, hier aber nur wie eine nicht gelungene Kopie.

Andererseits weiß Jürgen in diesem Moment, dass er, ob er will oder nicht, hierhergehört. *Das ist jetzt meine Welt*, denkt er – vielleicht nicht unbedingt die der Cosplayers, dafür aber die der „Ute“-Gestalten auf der Bühne: Harald und Bernadette, Utes Musikerfreundin aus „Ute 32“, Samuel, der Verkäufer aus dem Berliner Comic-Laden mit dem größten „Ute“-Angebot aus „Ute 41“ –, Jürgen hat sie jetzt über die Köpfe der

Schlange hinweg in Cordulas Rücken in einem Grüppchen ausgemacht, zuerst kann er es gar nicht glauben und hat sie für Cosplayers gehalten.
Aber da sind sie, unterhalten sich, lachen, live.
Ein schwarzgekleideter Security-Mann mit der Statur eines Bären hat einem Mädchen, das ein Foto von Cordula machen wollte, die Hand vor die Linse gehalten. „Nein", sagt er, dann, laut, zu der Schlange: „Ansage an alle: keine Fotos oder Aufnahmen sonstiger Art von Frau Maas! Sonst ruckzuck Handy weg."
Jürgen ist gerade im Begriff, die Schlange zu umrunden, um zu der „Ute"-Gruppe zu gelangen. Das ist seine Chance, endlich Leute zu treffen, denen es mit dieser Comic-Geschichte genauso geht oder ging wie ihm. Als zu einer plötzlich erklingenden Fanfare eine Prozession aus menschengroßen Kängurus, Bären in Hosen, Hunden mit Mützchen – Pluto –, einem knallgelben Vogel – Daisy? –, Fix und Foxi, Shrek, einer Prinzessin – Schneewittchen, wo sind die Zwerge? –, einem König, den Panzerknackern, Tick, Trick und Track ihm den Weg abschneidet, gerät Jürgen in ihre Mitte, wird mitgezogen.

HINTER CLARAS geschlossenen Lidern bewegen sich ihre Augen schnell von rechts nach links und von links nach rechts. Ihre Wimpern zittern dabei. Ihr Mund hat sich einen kleinen Schlitz weit geöffnet; auf ihrer Stirn haben sich zwei Falten gebildet. Jürgen spürt, wie Claras Kopf auf seinem Schoß schwerer wird. Der Griff ihrer Hand an seinem Knie hat sich gelöst, ihr Arm ist von ihm abgerutscht. Jürgen schaltet den Ton des Fernsehers aus und betrachtet Claras Gesicht.

In diesem Moment ist sie wieder sein kleines Mädchen. Morgen wird sie, wie jeden Morgen seit ihrem Umzug nach Prien vor knapp zwei Wochen, sich ihre Leggings, den kurzen Jeansrock, das enge Top anziehen. Bevor sie sich allein auf den Schulweg macht, wird sie ihm, wie Monika früher, Rührei mit Speck braten und ihm anschließend einen Kuss auf die Wange geben, als sei das alles überhaupt kein Problem für die große Clara. Nur der gequält-lächelnde Blick, den sie ihm, wenn sie sich noch einmal umdreht, zuwirft, und ihre hängenden Schultern verraten ihm, wie schwer sie sich in ihrer neuen Klasse tut, in der sie, sie hatte es ihm lachend gesagt, noch keine Freunde gefunden hat, „alles Zicken", außerdem von außerhalb, in der Stadt selbst wohnen ja fast nur noch die Kurgäste, „wir sind hier also auf Kur, Papi", hahaha. Sie wird am Nachmittag lässig bei angelehnter Tür mit Monika und ihren Freundinnen in München telefonieren, alles laufe gut, wie das halt so sei, wenn man neu ist, ist ja klar, *wird schon*, mit den Sätzen spricht sie sich selbst Mut zu. Clara wird die Telefonate am Nachmittag in die Länge ziehen, sie sollen nicht enden. Beim Essen danach wird sie wieder ins Leere starren, und er wird wissen, wo sie sich dann für Sekunden befindet: nicht hier, bei ihm, sondern bei Monika und Gustav Heinze, in ihrem alten Leben. Er traut sich nicht, ihr etwas zu verbieten. Noch bleiben sie lange auf, gucken Soaps, essen bei McDonald's. Will sie im Priener Einkaufszentrum shoppen, in dem sich vorrangig Kurgäste mit den Sachen eindecken, die sie zu Hause vergessen haben, Regenkleidung, Toilettenartikel, Lektüre, gibt er ihr Geld. Noch freut sie sich, wenn er sie abends ins Wellness-Center mitnimmt und sie massiert. Sie spielt dann eine seiner Patientinnen, „Wo tut's denn weh?", „Ja, ich habe unten rechts immer diese Verspannungen, das hat sich seit meiner letzten Kur hier nicht gebes-

sert …“ Noch hat er ihr nichts von den Comics erzählt; seit zehn Tagen ist er der Jürgen, der er gewesen war, als sie noch zu dritt in Pasing wohnten, der die Wohnung aufräumt und sich rasiert. Nur heimlich geht er nachts ins Internet, so auch in ein paar Minuten, wenn er Clara ins Bett gebracht hat. Lange wird sich dieser Zustand nicht aufrechterhalten lassen. Er wird sie zum Teil des „Ute“-Comics machen, wird Cordula vorschlagen, eine Geschichte mit ihr zu zeichnen.
Clara hat mit immer noch geschlossenen Augen den Kopf auf die andere Seite gedreht, sie murmelt etwas.

ERST ALS ER das Kribbeln in seinem ausgestreckten Arm spürt, hat er ihn zurückgezogen. Während des langen Gesprächs mit Harald hatte er ihn auf Claras Schulter regelrecht vergessen. Mit seiner rechten befühlt er seine linke Hand, die eiskalt ist.
Ein kurzer Blick zu Clara, Jürgen ist ein bisschen beunruhigt, dass er sich bei dieser Party so wenig um sie kümmern kann. Aber das scheint ihr gar nichts auszumachen; sie hat sich völlig in die „Ute“-Comics vertieft, die hier überall in den Regalen stehen und die sie zu seiner Überraschung dem Namen nach bereits kannte. Er wollte sich ja eigentlich erst einen Plan zurechtlegen, wie er sie am besten mit Ute bekannt macht und wann, wie, wo er den Satz sagen soll: „Dein Papi is’ da übrigens drin!“ Bis dahin hatte er alle Comics weggepackt. Durch seine Unachtsamkeit hatte Clara dann jedoch ein Heft auf dem Esstisch liegen gesehen und anscheinend amüsiert bemerkt: „Irre. Hat die Hanni in der Schule auch.“ Wie sich herausstellte, war die Hanni aber so ziemlich das unbeliebteste Mädchen in der Klasse, so dass es sich keiner

leisten konnte, ihren „Ute“-Fanatismus – „Ute“-Sticker auf dem Rucksack, „Ute“-Klamotten – zu teilen.
Clara sitzt auf ihren Füßen und beugt sich über Band 43. Es ist also so weit, denkt Jürgen und blickt in Haralds kantiges Gesicht mit den beiden Furchen um die Mundwinkel. Nachdem in Claras Kopf die Bilder der jungen Ute in der Schule, in London, Berlin aufgetaucht sind, wie sie ihre ersten Erfolge feiert, heiratet, Inga bekommt, sich scheiden lässt, hat Clara in Band 43 also nun auch ihn selbst, den Comic-Jürgen, vor sich und schließlich, einige Bände später, alle Personen, die auf dieser Party versammelt sind bzw. ihre Alter Egos.
War es die richtige Entscheidung gewesen, Clara mit nach Berlin zu nehmen? Die Euphorie hatte ihn einfach mitgerissen – diese Euphorie darüber, dass Cordula, die Geheimnisvolle, die Unerreichbare, bei ihrem Anruf wenige Tage nach ihrem viel zu kurzen Treffen auf der Comic-Messe in München herumdruckste, ihn schüchtern fragte, ob er übers Wochenende nach Berlin kommen wolle, zu ihr, sie gebe eine spontane Feier für alle Mitglieder der „Ute“-Familie, da gehöre ja er auch dazu. Das Schlucken zwischen den Sätzen, die spürbare Freude über seine voreilige Zusage, dieses Knistern, das er schon so lange nicht mehr gespürt hatte, drang förmlich aus dem Hörer. Er hatte die Nacht wachgelegen, sich immer wieder die letzten Begegnungen mit ihr in Erinnerung gerufen, einzelne Sätze, Gesten analysiert, es war nicht zu leugnen: Cordula empfand etwas für ihn. Und es hätte ihn nicht gewundert, wenn er am nächsten Morgen im Spiegel an Stelle seines Gesichts ein einziges breites Honigkuchenpferddauergrinsen erblickt hätte.
Clara war von der Aussicht, zum ersten Mal und so völlig unverhofft nach Berlin zu fahren – „Am Samstag? Also schon Morgen?! Echt??“ –, restlos begeistert gewesen. Der eigentli-

che Grund und dass es zu einer alten Bekannten aus Jürgens Internatzeit gehen sollte, wie Jürgen in einem Nebensatz log, schien ihr egal zu sein. Für sie war Berlin nicht nur eine Großstadt und damit eine mehr als willkommene Abwechslung vom *Loch* Prien. Berlin – das war eine Stadt, in der Serien spielten und seltsame futuristische Riesengebäude standen, dorthin zu fahren war wie eine Reise ins Fernsehen und in die Zukunft zugleich. Für die beiden Tage packte sie sich nur ihre schönsten Anziehsachen ein, als planten sie, jeden Tag shoppen und anschließend in die Disco zu gehen.

Als ihnen Cordula, bei der sie wohnen würden, die Tür zu ihrer Neuköllner Wohnung öffnete, bekam Jürgen aus Angst vor den nächsten 48 Stunden Schweißausbrüche; Claras Wangen dagegen glühten, weil alles so neu und aufregend war. Cordula, die Claras Vater kurz auf den Mund küsste, war erst einmal nur am Rande interessant und dann schon bald akzeptiert – vor allem wegen ihrer Wohnung, die vollgestopft war mit von der Decke baumelnden Mobiles, mit Cartoon-Pappfiguren, Comic-Heften auf dem Boden und in den Regalen und winzigen gerahmten Bildern an den Wänden.

„Abgefahren“, war es Jürgen herausgerutscht.

„Nicht?“, hatte Cordula lächelnd geantwortet und unauffällig seine Hand gestreichelt.

Die „Ute“-Familie, die dann abends, nachdem Jürgen und Clara in einem der roten Busse eine Sightseeingtour gemacht hatten, eintrudelte – der zurückhaltende Harald, Mops, Utes Security-Freund aus „Ute in Gefahr“, Bernadette, Samuel, Bobo, Sumsi, Ernst sowie Gitte und Eberhard, das rüstige Rentnerpärchen aus dem Charlottenburger Altenheim, sogar Hulelle mit seiner Ukulele aus dem Hawaii-Band war da, lediglich Inga fehlte –, hatte bald die Zimmer von Cordulas Wohnung gefüllt und passte sich in Jürgens Augen geradezu perfekt in die Comic-Einrichtung ein, als wären die Räume Panels, die nur darauf gewartet hatten, bevölkert zu werden. Tatsächlich hatten die merklich angeheiterten Gäste, die Jürgen ja schon größtenteils aus München kannte, sich, vielleicht aus Spaß, Clara als entfernte Verwandte Jürgens vorgestellt, Bobo: „Hallo. Ich bin dein Onkel. Leider nur dritten Grades, aber immerhin." Bernadette: „Berna. Schwester des Bruders der Tochter der Schwester der Großmutter deines Vaters." Sumsi: „Na, du Prinzesschen. Sehen wir uns endlich mal. Samuel Eckhard Oswald Gerrit Paul, aber für Freunde und meine Cousine, also dich: Sumsi." Zunächst hatte Jürgen noch mitgemacht und ihnen nicht widersprochen. Während er sich mit ihnen über ihre „Ute"-Erfahrungen unterhielt, das Leben mit sowie nach ihr, hatte er dann aber doch ein schlechtes Gewissen bekommen: Clara in ihrem Top, das wohl in Prien schick, in Berlin freilich längst out war, stand immer erschöpfter und verlorener zwischen den Erwachsenen herum. Er hätte sie doch ins Bett bringen oder vor den Fernseher setzen sollen. Warum kümmerte sich Cordula nicht um sie? Die saß die ganze Zeit über in ihrem roten Ohrensessel in einer Ecke und zeichnete etwas auf einen Block, jetzt sogar mit Wasserfarben, wohl Karikaturen der Anwesenden, denn als Bernadette ihr einmal über die Schulter schaute, lachte sie laut auf.

„Papi", Clara tippt ihn an. Sie kann vor Müdigkeit kaum aus den vom Rauch geröteten Augen sehen.

„Warte mal. Was denn, mein Schatz?", sagt Jürgen, immer noch Harald zugewandt, dann dreht er sich zu ihr.

„Hab' ich denn nun wirklich so viele Onkeln und Tanten und Cousins und Cousinen?"

„Nein. Das war nur Spaß. Wir haben ein bisschen Spaß gemacht. Das war aber nicht böse gemeint."

Clara schlägt den „Ute“-Comic auf ihren Knien zu. Jürgen wird sie ins Bett bringen. Morgen schauen sie sich noch mal die Stadt an, er macht das alles wieder gut.
„Also, ich hab’ gar keine Onkeln und Tanten oder wie?“
Jürgen wollte zunächst mit „Nein“ antworten. Dann ist ihm eingefallen, dass das ja eigentlich nicht stimmt. Clara *hat* eine Tante. Ulrike. Aber diese Geschichte jetzt aufzurollen, dazu hat er keine Lust, seine Stimmung wäre ruiniert, die Party könnte er vergessen.
Jürgen sagt: „Nein.“
Clara klammert sich wie ein kleines Äffchen an ihn, und obwohl sie eigentlich schon zu alt dafür ist, trägt er sie zum Matratzenlager ins Gästezimmer, flüstert: „Ich hab’ nie einen Bruder oder eine Schwester gehabt. Wäre aber sicher schön gewesen.“
Als er sich die Sätze sagen hört, ist es viel einfacher, als er es sich vorgestellt hatte. Sein Mund hat sich wie von selbst bewegt. Und es ist merkwürdig. Er glaubt sich in diesem Moment selbst. Ulrike gibt es nicht. Es hat sie nie gegeben.
Es ist möglich.
Aber statt der Erleichterung, von der er immer gedacht hatte, dass sie kommen würde, wenn es einmal ausgesprochen ist, stellt sich bei ihm das Gefühl ein, etwas Verbotenes ausgesprochen zu haben.
Er sitzt neben Clara, bis sie eingeschlafen ist. Als er ins Wohnzimmer zurückkommt, waren die ersten Gäste bereits gegangen. Cordula ist auf ihn zugehopst und hat irgendetwas Dummes gerufen, ein Walzer ist erklungen, sie haben getanzt, die anderen haben zugesehen und gejohlt und geklatscht, er ist ganz betrunken gewesen, obwohl er doch gar nichts getrunken hat, alle zusammen haben sie lauthals gesungen, Lieder aus den 80ern, *a-ha*, dann sind sie nur noch zu

viert, zu zweit, sie stehen in Cordulas Schlafzimmer, ziehen sich aus, Cordulas grünes Kleid hat über dem Stuhl gelegen wie eine abgestreifte Haut.
Sie gibt ihm ein Zeichen. Er versteht, tritt an sie heran und dringt von hinten in sie ein. Sie beugt sich nach vorn, mit den Händen berührt sie den Boden. Ihm fallen ihre schwarzen Stöckelschuhe auf, die sie angelassen hat.
Am Morgen, Cordula schläft noch, torkelt er ins Wohnzimmer, stolpert über Flaschen und Pappteller. Sein Blick ist auf Cordulas Block auf dem Ohrensessel im Wohnzimmer gefallen.

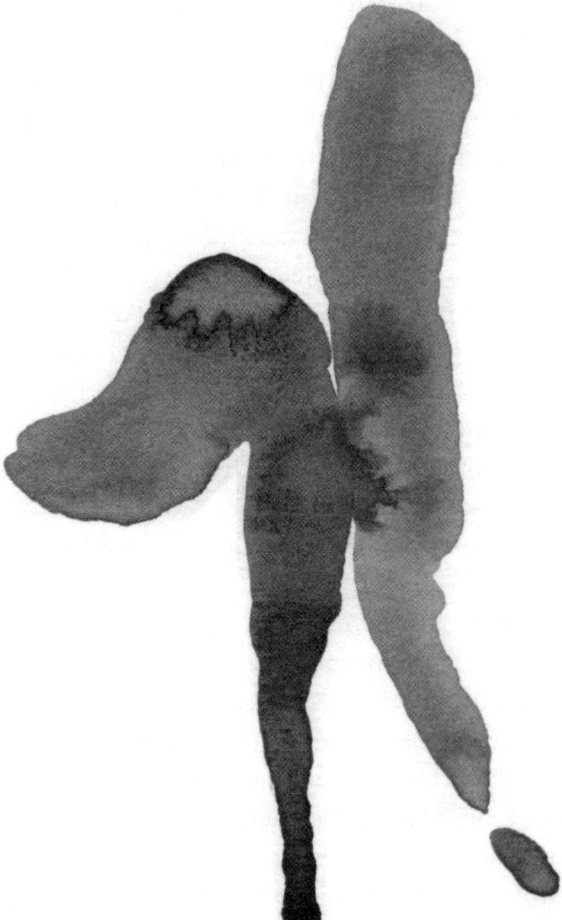

ES WILL ihm einfach nicht gelingen, wie verhext ist das, er schafft es einfach nicht, die Bilder, die er manchmal, für kurze Momente, innerlich vor sich sieht, aufs Papier zu übertragen. Heraus kommen immer nur jämmerliche Strichmännchen, ein Kindergartenkind könnte es besser. Vom begleitenden Text, den Sprechblasen ganz zu schweigen. Damals, in der Grundschule hatte es ihn geradezu verrückt gemacht, wenn er sah, wie die anderen Kinder offensichtlich mühelos die Finger über die Löcher ihrer Blockflöte gleiten ließen und die schönsten Melodien hervorbrachten, während aus seiner Flöte nur schiefe, pfeifende Töne kamen. Voll Wut hatte er dann einmal auf ein besonders begabtes Mädchen eingeschlagen und dafür einen Verweis erhalten. Aber seine Skizzen müssen ja nicht perfekt sein, zum Glück. Sie sollen Cordula nur zeigen, wie er sich so ungefähr die nächste Geschichte vorstellt, wohin sie führen soll: Indien, ein bisschen mehr Action, möglicherweise den Comic-Jürgen mehr profilieren.

Sein Kaffee war kalt geworden, so vertieft war er ins Zeichnen. Das Vormittagslicht fällt jetzt direkt in die Hinterhofwohnung gegenüber, ein Stockwerk tiefer, in ein Schlafzimmer, eine weiße Decke ist zu sehen, aus deren Ende Füße hervorgucken. Im Luftzug jagt das Legorettungs- das Legofeuerwehrauto im Mobile über dem Wohnzimmertisch, ohne es jemals einzuholen. Knarzen nähert sich aus dem Flur, Cordula, die in Jürgens Hemd geschlüpft ist, schleicht sich leise herein, drüben schläft Clara noch immer. Cordula lächelt verschämt, ganz Teenager nach dem ersten Mal. Aber ohne ihre Sonnenbrille, ihr Kleid und ihren Puder, das sonst so akkurat toupierte Haar verstrubbelt, wirkt sie auf Jürgen wie eine völlig fremde Frau, schutzlos und unsicher, nicht nur wegen der Schnittmale an ihren Armen; wie sie nicht mehr,

wie gestern, übermütig-mädchenhaft auf ihn zutippelt, sondern mit, ja, ungelenken Bewegungen zu ihm stakst, was hatte ihn an ihr bloß so angezogen?, warum ist er nach Berlin gekommen, mit Clara noch dazu, das widert ihn plötzlich alles so an, Cordula widert ihn an, das hat auch nichts mehr mit der Comic-Jürgen-Sache zu tun, jedenfalls hat er sich schon lange nicht mehr so beschissen gefühlt; nicht, weil ihm übel wäre, sondern weil er spürt, dass er einen Fehler gemacht hat. Etwas ist schiefgelaufen. Was passiert, wenn Clara aufwacht? Es schnürt ihm den Hals zu. Er will jetzt nur weg, die weitere Geschichte ist sowieso vorhersehbar – er und Clara: Abgang, seltener werdende Anrufe Cordulas, verheult, er: Scham, wie er sich überhaupt auf so eine Ritzerin einlassen und sie damit verletzen konnte, schließlich: Kontaktabbruch, das Ende –, wären da nicht die Comics.
Cordula hat sofort gemerkt, dass mit ihm etwas nicht stimmt, sie bleibt stehen.
„Was ist los?“ Sie flüstert.
Er versucht ein Lächeln aufzusetzen, eine Art Bond-Smile, „sag mal“, sagt er leise, „wie findest du die?“, er deutet auf seine Skizzen, die er beim Frühstück auf die Rückseite einer herumliegenden Rechnung gezeichnet hat, diese Teile einer Geschichte, die in Indien spielt und die ihn schon auf der Fahrt nach Berlin beschäftigt hatte, Clara plapperte auf dem Beifahrersitz irgendetwas vor sich hin, vor ihm blinkten die Autos, überholten, blinkten, ordneten sich ein, blinkten.
„Was ist das?“, fragt Cordula, nachdem sie lange auf das Blatt gestarrt hat, sie hat vergessen zu flüstern.
„So Ideen von mir. Für eine Geschichte. Einen Comic für ‚Ute‘, so Skizzen, damit du weißt, wie du das dann zeichnen sollst“, flüstert Jürgen, der Cordula die ganze Zeit über prüfend angeschaut hat; er will wissen, wie sie reagiert.

„Ein Comic?", sagt Cordula laut. Jürgen deutet auf die Tür, das Gästezimmer, Clara, „ein Comic?", wiederholt Cordula flüsternd. „Und ich soll das jetzt abpausen, oder was?"
Das ist also jetzt ihre richtige Stimme, denkt er, keine Verstellungen mehr.
„So war das nicht ...", sie schluckt, ist sie wütend oder traurig?, gleich weint sie, „so war das aber nicht abgemacht."
„Ach so", sagt er schnell, normal laut, als wäre mit einem Mal das Spiel, nach dessen Regeln sie bisher handelten, vorbei, „Wenn es hier um Abmachungen geht, was sollte dann die letzte Nacht? Was soll dann dieses Wochenende? Was soll das hier alles, hm? Außerdem wolltest du doch, dass ich mir Gedanken zu deinen tollen Geschichten mache. O.K. Habe ich jetzt gemacht. Halt ein bisschen genauer, als du ursprünglich wolltest. Na und? Aber das ist ja jetzt im Prinzip auch meine Geschichte – nach einmal Reinstecken ist das bekanntlich so." Es macht ihm gerade richtig Spaß, sie zu verletzen, auch wenn er weiß, dass ihm jedes Wort spätestens heute Abend wieder leidtun wird. „Ergo ist es nur gerecht, wenn du mir jetzt einen Gefallen tust und das einfach zeichnest und dann können wir ja wieder gemeinsam überlegen, wie das weitergeht, ja?"
„Du bist ...", bricht es aus ihr heraus. „Du bist – ein solches Arschloch, weißt du das? Willst mich erpressen." Sie schaut ihm ins Gesicht, dann lauter: „Du willst mich erpressen, du Arschloch! Aufgepumpt wie noch mal was, aber drinnen nur heiße Luft."
Er erträgt ihren Blick nicht. In der Tür steht Clara, sie haben sie gar nicht gehört. Wie lange steht sie da schon?

JÜRGEN KLOPFT an Claras Tür. „Darf ich reinkommen?" Er drückt die Klinke. Clara sitzt mit angezogenen Beinen auf ihrem Bett. An den Wänden die Plakate ihrer Idole, ihre TV-Serien-Stars. Sie rutscht vor und zurück.
„Hör mal, ich wollte das mal mit dir besprechen, was da in Berlin passiert ist." Er setzt sich neben sie. Durch sein Gewicht auf der Matratze ist Clara, die keine Reaktion zeigt, in eine leichte Schieflage geraten.
„Also, ich ... ich", wie sagt er ihr das jetzt?, „ich bin seit ein paar Monaten mit Cordula befreundet, und sie malt eben so einen Comic über uns beide. Also über sie und mich. Den kennst du ja jetzt." Soll er sie an dieser Stelle fragen, wie sie ihn gefunden hat? „Ich weiß, dass das einen seltsamen Eindruck auf dich machen muss, wenn dein Papi ... aber, was ich eigentlich sagen wollte, ist, dass ... du hast eine Tante. So. Das war nicht korrekt, was ich in Berlin gesagt habe. Ulrike. Deine Tante heißt Ulrike. Oder hieß. Weil. Die gibt es nicht mehr. Die ist – tot. Ich habe sie nie kennengelernt. Ich habe meine Schwester nie kennengelernt. Deshalb habe ich immer wieder ... also schön, ich habe das nie wirklich verkraftet, sage ich mal, und wahrscheinlich baue ich deswegen immer so viel Mist. Deswegen geht immer wieder alles schief. Aber."
Clara überlegt einen Augenblick, sie hat dabei den Gesichtsausdruck, den Monika immer hatte, wenn sie angestrengt nachdachte. Dann sagt Clara ruhig: „Du hast mich angelogen. Es ist mir vollkommen egal, ob du eine tote Schwester hast und dass du mit einer fremden Frau fickst, die Comics zeichnet. Was zählt, ist, dass du mich angelogen hast. Kein Vater sollte seine Tochter anlügen. Du bist nicht besser als Monika."
Nein. Er kann jetzt nicht zu Clara gehen. So ein Gespräch könnte schlimme Folgen haben. Am Ende zieht sie aus. Aber

er braucht sie doch. Sie ist doch sein einziger Traum, der Wirklichkeit geworden ist: Familie haben, Vater sein. Jürgen kann kaum atmen, ein Knoten schnürt ihm den Hals zu. Er hebt die Kaffeetasse, schaut aus dem Fenster, die blauen Berghänge, lässt die Tasse wieder sinken. Die Verabschiedung in Berlin von Cordula war eisig gewesen. Obwohl er sich bei ihr entschuldigt hatte. Sie solle verstehen. Das mit seiner Schwester, der Comic sei so ein Ausweg für ihn, er sei einfach durchgedreht und so weiter, seine Schwester und so weiter, Ulrike, Scheiße. Immer dasselbe. Clara wollte von Cordula gar nicht erst berührt oder angesehen werden, was Cordula nur noch mehr verletzte, aber dafür konnte er ja nun wirklich nichts. Auf der schier endlosen Rückfahrt, an deren Ende die Alpen am Horizont wie ein einziges großes Monument für eine schreckliche Schlacht ohne Sieger in die Nacht ragten, hatte Clara auf Jürgens vorsichtige Versuche, einen Zugang zu ihr zu finden, im exaltierten Tonfall seltsame Sätze von sich gegeben wie: „Weißt du, ich bin wirklich enttäuscht, dass du mit dieser Schlampe ins Bett gegangen bist" und: „Sobald wir zu Hause sind, werde ich erst einmal nachdenken, welchen Schritt ich als Nächstes unternehmen werde" (Arme verschränkt, Kinn leicht erhoben), Sätze, die Jürgen verstummen ließen, weil er nicht wusste, was er darauf erwidern sollte, auch wenn sie so wirkten, als gebe es bereits passende Dialogzeilen, die er einfach nur aufsagen müsste. Zu Hause schob sich seine kleine Clara dann entweder schrecklich bleich und dünn in ihrem rosa Pyjama in der Früh Frosties aus der Packung in den Mund oder quasselte vollkommen blödsinniges Zeug daher, von den Lehrern, ihren Freundinnen, *H & M*, kein Wort über Berlin oder die Comics. Da fiel es ihm ein: Er hatte dieses Mädchen schon einmal gesehen. Clara benahm sich genauso wie eine dieser

Figuren aus einer dieser Fernsehserien über amerikanische Teenager in Kalifornien – „Come to the valley where everything's fine“, die Titelmelodie war ihm dabei durch den Kopf geschossen –, ja, klein und schwarzhaarig, eigentlich ganz attraktiv war das Mädchen, das sich Clara zum Vorbild genommen hatte. *Summer*, so hieß die. Auch wenn Claras Benehmen für ihr schauspielerisches Talent spricht, muss er jetzt unbedingt etwas unternehmen, damit dieses Affentheater aufhört. Er hält das nicht aus. Ein gemeinsamer Urlaub mit Aussprache auf Berghütte? Der Schulpsychiater? Monika einschalten? 1, 2 oder 3 – Scheiße, ist er hier bei Michael Schanze, oder was? Außerdem würde man doch sofort versuchen, ihm Clara wegzunehmen.

Aus dem Flur dringen Geräusche. Mit einem Ruck ist Jürgen aufgestanden. Papierflieger trudeln durch die Luft, Clara wirft einen nach dem anderen von der Tür ihres Zimmers ab. Noch bevor Jürgen „Was soll das?“, „Was um alles in der Welt machst du da?“ fragen kann – das hier darf eigentlich gar nicht passieren, passiert das hier gerade wirklich? –, erkennt er, obwohl gefaltet, die vertrauten Bilder, Ute, die Dolomiten, Ute in London, Harald, sich selbst. Der letzte Flieger ist auf dem Boden gelandet.

Clara steht da.

Sie hat die ganze Zeit über ihren ernsten, nicht bösen, *ernsten* Blick fest auf ihn gerichtet.

„ICH KOMME GLEICH“, sagt Jürgen zu Marat, der seine Mittagspause beendet hat und aufsteht. „Noch zwei Wochen“, hat er vorhin strahlend mehrmals wiederholt. In zwei Wochen tritt Marat seinen Jahresurlaub an und fährt für die nächsten drei Monate zu seiner Familie in die Türkei. Nicht dass Jürgen und er in letzter Zeit allzu viel zusammen unternommen hätten. Aber die Aussicht, dass in den Wintermonaten als einziger Gesprächspartner hier im WC nur Eike zur Verfügung steht, der etwas auf seinen zunehmenden Graskonsum achten sollte, hat Jürgens Stimmung von einem Moment auf den anderen weiter verschlechtert. Eine durchgeknallte Comiczeichnerin, ein hysterischer Teenager und ein dauerbekiffter Arbeitskollege – was kommt als Nächstes?

Sobald Jürgen allein im Aufenthaltsraum ist, stellt er den Computer an, loggt sich ein. Wenn ihn jemand dabei erwischt, wie er bei der Arbeit seine E-Mails checkt, könnte das ziemlich Ärger geben nach den vergessenen Terminen in letzter Zeit und dem Vorfall mit dieser Frau Janssen, die er zugegebenermaßen etwas unwirsch angeschnauzt hat, nachdem sie sich beschwert hatte, er massiere sie *zu wenig einfühlsam*. Pah, von wegen. Aber er muss einfach wissen, ob Cordula diese Geschichte mit Ute und ihm, also dem Comic-Jürgen, in Indien tatsächlich schreibt oder ob Berlin das Ende nicht nur ihrer Bekanntschaft, sondern auch seines Alter Egos bedeutet, dessen Tod sozusagen. Auf keine seiner E-Mails hat sie seither reagiert. Seltsamerweise hat ihn ihr Schweigen, das virtuelle weiße Blatt auf dem Bildschirm vor ihm, eher angespornt, mehr von sich selbst preiszugeben; was ihm die Comics bedeuten, wie wichtig ihm zugleich Clara sei, die Probleme mit ihr momentan, dass sie sich in eine Fernsehserienfigur verwandelt habe, seine Zukunftsängste, dass er unendlich wütend auf sich sei, wie sehr er sie, Cordula, doch verletzt habe, Berlin und das alles, das sei eben viel zu früh für ihn gekommen, er sei eben kein Superheld im wirklichen Leben, er wäre es gern, aber ... Seit wie vielen Tagen checkt er nun schon wie ein Verrückter innerhalb weniger Stunden mehrmals seine Mails und hat dann doch immer nur die unveränderte Maske seines Accounts vor sich? Die wenigen Mails, die er dann mit rasendem Puls blitzschnell öffnete, stammten von irgendwelchen versehentlich nicht herausgefilterten Spam-Adressen.

Was hat er noch für Möglichkeiten – also nicht nur Cordulas Vertrauen wiederzugewinnen, sondern überhaupt? Wellness-Center alias WC forever. Prien. Clara, die er entweder zum Schulpsychiater schickt oder die eben in acht, neun Jahren auszieht und nur noch, wie er früher bei seinen Eltern, sporadisch auf Besuch kommt. An diesem Berlin-Wochenende hat er sich, wieder mal – gut gemacht, Jürgen, altes Haus – seine Zukunft verbaut.

Posteingang (1). Er hat eine neue Mail erhalten. Absender: *Die Maas*. Betreff: *RE*.

Die Mail ist leer, nein, nicht ganz, *ohne Worte* steht da, sie enthält einen Anhang mit dem Namen *Entwurf*, den er sofort, ohne zu überlegen, herunterlädt, während er auf das kleine graue Fenster der Maske starrt, *geschätzte Dauer des Ladevorgangs 11, 10, 9 Sekunden ...*

UNSER GUIDE BRETTERTE ÜBER DIE HOLPRIGE STRASSE, ALS GINGE ES UM UNSER LEBEN.
BIST DU SICHER, DASS ES HIER IST?
VERTRAU MIR!
DIE GEGEND, DURCH DIE WIR DANN LIEFEN, NACHDEM WIR DAS AUTO GEPARKT HATTEN, SAH AUS WIE IN EINEM SCIENCE-FICTION-FILM. UND DAS IN DER FERNE? WAR DAS NICHT EIN ... EI ... EIN RAUMSCHIFF-EI?
ZUMINDEST WAREN WIR NICHT ALLEIN. AUCH WENN DER TRECK AUS PILGERN AUS REICHLICH STRANGEN GESTALTEN BESTAND...
HOWDY!
PARLEZ-VOUS FRANÇAIS?
JAI GURU DEVA OM
ABER ALS WIR DANN ENDLICH VOR **MATRIMANDIR** STANDEN, WAREN ALL DIE STRAPAZEN VERGESSEN. IN DIESEM MOMENT WURDE IN DAS PUZZLE MEINES LEBENS DAS LETZTE FEHLENDE STÜCK GELEGT.
WART ERST MAL, BIS DU DRINNEN BIST.
WOW!

IN MATRIMANDIR GESCHAHEN SELTSAME DINGE MIT MIR. MEIN GANZES LEBEN, DAS DOCH BISHER SO HEKTISCH GEWESEN WAR, VERWANDELTE SICH PLÖTZLICH IN EINEN LANGSAM UND GLEICHMÄSSIG DAHIN RAUSCHENDEN FLUSS...UND ICH ENTDECKTE REICHE, VON DENEN ICH NICHT MAL IN MEINEN WILDESTEN COMIC-FANTASIEN ZU TRÄUMEN GEWAGT HATTE...
... AUCH WENN ICH VIELLEICHT MEINE INSPIRATION DORT ETWAS ANDERS VERARBEITE-TE ALS DIE ANDEREN ...
OM
OM
AHA!
ZUM BEISPIEL AUF DEN MEINEM VERLEGER NACH BERLIN GESCHICKTEN FAXEN MIT EINEM GEWISSEN BÄREN ...
WÄHRENDDESSEN MACHTE JÜRGEN EINE UNVERHOFFTE BEGEGNUNG IM GESUNDHEITS-ZENTRUM VON AUROVILLE.
MEISTER PRATICK!
BALD WAR JÜRGEN MIT SEINEM ALTEN MEISTER TÄGLICH IN AUROVILLE UNTERWEGS. ES SPIELTE KEINE ROLLE, WER IHRER HILFE BEDURFTE. OB GESTRANDETE HIPPIES...
ODER LEPRAKRANKE.
DAS WIEDERSEHEN MIT SEINEM GROSSEN IDOL SCHIEN IN JÜRGEN ÜBERMENSCHLICHE KRÄFTE FREIZUSETZEN.
JA, AN MANCHEN TAGEN HATTE ER TATSÄCHLICH ETWAS VON...HM...
J

„Wo bleibst du denn?“, kommt Marats Stimme aus der Anmeldung.

„Bin da“, ruft Jürgen. Und wiederholt es noch mal, leise. „Bin da.“ Er kann diese Wärme, die sich gerade in ihm ausbreitet, nicht deuten, es ist ein Gefühl, als hätte ihn jemand in den Arm genommen und gesagt: „Es wird schon. Es wird schon, *Jürgenman*.“ Die Stimme ist die Cordulas gewesen. Aber seltsamerweise hatte sie ihn nur so lange angezogen, wie sie unerreichbar und dann sauer auf ihn war. Jetzt, wo sie angekrochen kommt, ist ihre Attraktivität auch schon wieder am Verfliegen.

Er drückt auf das Kreuz für *Fenster schließen*.

HINTER DER GESCHLOSSENEN TÜR ist lautes Wummern zu hören, ist das Metal? Jürgen kennt diese Musik nicht. Eine Stimme beginnt zu kreischen, zu stöhnen, zu singen. Claras Stimme. Nein. Es ist eine Sängerin. Wenn er die Klinke herunterdrücken würde, fände er die Tür zugesperrt. Nachdem er Clara angeschrien hatte, was das solle, sie habe gesagt, sie sei bei Arielle und mache Hausaufgaben mit ihr, und als er anrufe, wo sie bleibe, erfahre er, sie sei gar nicht da, ja, sie sei überhaupt nicht mit Arielle verabredet gewesen und stattdessen nach Übersee zum Reggae-Festival getrampt, er wisse es, Arielle habe es ihm gesagt, Clara habe gelogen, sie habe ihn angelogen, er habe ihr doch strengstens verboten, auf das Festival zu gehen, wenn sie dort erwischt werde, sei nicht nur sie, sondern auch er dran, außerdem nicht auszumalen, was ihr dort alles zustoßen könne, Drogen, Diebstahl, Kidnapping – er wollte sie nicht anschreien, konnte das aber in diesem Augenblick nicht steuern –, da hatte Clara zurück-

gebrüllt, was er alles wisse, das sei ja interessant – es sind seine eigenen Worte, Clara hatte genau diese Wendung benutzt, die er früher immer im Streit mit Monika benutzt hatte –, er solle aufhören, ihr nachzuspionieren – und ist türenknallend in ihr Zimmer gelaufen.
Jetzt hat sie begonnen mitzusingen.
Sie wird nicht wissen, dass er vor ihrer Tür steht und das hört. Oder sie weiß es und macht es gerade deshalb. Das ist nicht Clara. So kennt er sie nicht. Ihm wird das zu viel. Zuerst TV-Serienstar, jetzt aggressiver Teenager. Er könnte an der Tür rütteln, Clara würde ihm schon früher oder später öffnen. Aber er will jetzt nicht das Gesicht sehen, das sie wohl in diesem Moment macht, beim Singen, und das nicht ihr Gesicht ist.

FRÜHER spielte er ein Spiel. Nur er spielte es, noch in *Diesel*, während alle anderen damit wahrscheinlich spätestens im Gymnasium aufgehört hatten. Hände vors Gesicht halten, am besten zusätzlich die Ohren mit den Daumen zudrücken, für Sekunden ist die Welt weg, keiner kann ihm in diesem Moment beweisen, dass es sie tatsächlich gibt, wenn er die Hände wegnimmt. Es gibt nur ihn.
Er kann seinen eigenen Atem hören. Ein, aus, ein. Die Hände, in die er sein Gesicht vergräbt, sind feucht. Wie lange sitzt er schon am Küchentisch? Es ist angenehm, er könnte so Stunden sitzen.
Jetzt muss er aber mit Clara reden. Unbedingt. Und er schafft das schon. Schließlich ist er *Jürgenman*. Er muss lächeln, obwohl ihm das Herz bis zum Hals schlägt. Als Kind hatte er sich immer jemanden gewünscht, der gleich im Zimmer ne-

benan wohnt und der ihn versteht, nicht nur seine Probleme in der Schule, sondern zu Hause, eine Schwester, ja. Ulrike. Ja. Draußen fährt ein Auto vorbei. Er steht auf.
Er geht durch die Küche, langsam, in den Flur, am Ende: Claras Zimmertür.
Er muss an einen Nachmittag denken, damals in Augsburg. Er war mit seinen Eltern in die „Kiste" gegangen, *Räuber Hotzenplotz*. Der Kasper, der auf dem zu dem Spiel der Marionetten auf der Bühne erklingenden Band schrecklich schwäbelte, stieg im Schloss des bösen Zauberers Zwackelmann die Treppe hinab, in eine Grotte, wo eine Nixe auf ihn wartete. Bei jeder Tür, die er verbotenerweise öffnete, sagte er ein Wort vor sich hin, was war das noch?
„Schlimperdibix", sagt Jürgen.
Schlimperdibix.
Er klopft an Claras Tür.

Javier Calvo. Der spiegelnde Gott
Roman. 398 Seiten, gebunden
„Das originellste, scharfzüngigste, frischeste und dekonstruktivste Ding, das du dieser Tage zu lesen kriegst."
El Periódico

Laurence Cossé. Der 31. Tag des Monats August
Roman. 252 Seiten, gebunden
„Stilsicher verwandelt die Autorin ihr unscheinbares Entlein in ein Thelma-und-Louise-Energiebündel, das endlich einmal so richtig Gas gibt."
Süddeutsche Zeitung

Marc Dugain. Der Fluch des Edgar Hoover
Roman. 400 Seiten, Klappenbroschur
„Kann es eine faszinierendere, abstoßendere, zwielichtigere, tragischere Romangestalt als diesen John Edgar Hoover geben? Spannend und unterhaltsam geschrieben, außerdem brillant recherchiert." Die Zeit
„Absolut lesenswert!" Brigitte

Ernst-Wilhelm Händler. Wenn wir sterben
Roman. 480 Seiten, gebunden
SWR-Bestenliste Platz 1 – Bestes Buch des Jahres 2003
„Ernst Wilhelm Händler vollzieht in seinem raffinierten Roman nichts Geringeres als die feindliche Übernahme der deutschen Gegenwartsliteratur... Wenn es noch Zweifel geben sollte, ob Ökonomie überhaupt literaturfähig sei, dann sind sie hiermit endgültig entkräftet."
Frankfurter Allgemeine Zeitung

Ernst-Wilhelm Händler. Die Frau des Schriftstellers
Roman. 640 Seiten, gebunden
„Wer *Die Frau des Schriftstellers* vor allem als Buch über die Zwänge und die Kälte des gegenwärtigen Literaturbetriebs liest, wird allenfalls Einzel-Aspekte dieser Kaleidoskop-Prosa erkennen – immerhin handelt es sich hier um den ehrgeizigsten und erfolgreichsten Versuch seit langem auszuloten, was Literatur überhaupt vermag." Literaturen

Zoë Jenny. Das Portrait
Roman. 205 Seiten, gebunden
„Ein Künstlerroman voll unterschwelliger Symbolik, gesehen mit den Augen einer Malerin." Focus

Tanja Kinkel. Götterdämmerung
Roman. 447 Seiten, gebunden
„Der ‚weibliche Noah Gordon' hat einen brisanten Wissenschaftsthriller in bester Crichton-Tradition verfasst."
Abendzeitung

Bodo Kirchhoff. Infanta
Roman. 544 Seiten, gebunden
„Es ist ein spannendes Buch, das den Leser so in die Gegenwart der Erzählung hineinzieht, dass er die eigene Zeit vergisst. Etwas Selteneres lässt sich von einem deutschen Roman kaum sagen."
Frankfurter Allgemeine Zeitung

Bodo Kirchhoff. Parlando
Roman. 536 Seiten, gebunden
„Ein fabelhafter Erzähler, ein großartiger Schriftsteller, eine grandiose Episode nach der anderen!"
Marcel Reich-Ranicki

Bodo Kirchhoff. Schundroman
Roman. 320 Seiten, gebunden
„Ein höllisch rasant erzählter Thriller.“
Neue Zürcher Zeitung

Bodo Kirchhoff.
Der Sommer nach dem Jahrhundertsommer
Erzählungen. 496 Seiten, gebunden
„Es ist ein Leseschatz, eine Fundgrube für Kirchhoff-Leser und Leser, die es werden wollen oder auf Empfehlung werden sollten.“ Hessischer Rundfunk

Bodo Kirchhoff. Wo das Meer beginnt
Roman. 307 Seiten, gebunden
„Das ist so scharf beobachtet, so witzig, dramaturgisch geschickt und spannungsreich erzählt, da erweist sich Kirchhoff auf der Höhe seiner Kunst.“
Frankfurter Allgemeine Zeitung

Bodo Kirchhoff. Die kleine Garbo
Roman. 288 Seiten, gebunden
„Kirchhoff erreicht hier in seinem Erzählen eine neue Intensität.“ Südwest Presse

Bodo Kirchhoff. Der Prinzipal
Novelle. 128 Seiten, gebunden
„Diese Novelle ist ein Genuß. Vergleichbar mit Walsers *Das fliehende Pferd*, allein moderner, natürlich. Hoffen wir nur, sie wird nicht so schnell Schullektüre.“
HR-Online

Bodo Kirchhoff. Eros und Asche
Ein Freundschaftsroman. 278 Seiten, gebunden
„Bodo Kirchhoffs ganz wunderbarer Roman einer ‘unerledigten Liebe‘, die weit ausschwingende, zögernde Annäherung an eine Freundschaft, von der im 30. Kapitel Abschied genommen wird, nachdem zwei Leben mäandernd erzählt sind.“ Die Zeit

Gert Loschütz. Dunkle Gesellschaft
Roman. 220 Seiten, gebunden
„*Dunkle Gesellschaft* ist ein faszinierender Roman, dessen Lektüre einen Sog erzeugt, dem der Leser sich schwer entziehen kann.“ Die Zeit

Gert Loschütz. Die Bedrohung
Roman. 192 Seiten, gebunden
„Gert Loschütz’ spannender und mitreißender Roman zeigt einmal mehr: Die Bedrohung liegt nicht einfach so in der Welt. Sie ist in uns selbst.“
Frankfurter Rundschau

Gert Loschütz. Das erleuchtete Fenster
Erzählungen. 223 Seiten, gebunden
„Gert Loschütz bestätigt mit diesem Buch, daß er der David Lynch der deutschen Literatur ist. Wie beim englischen Kultregisseur auch liegt alles offen dar, ist genauestens beschrieben und bleibt doch ein Rätsel. Und nichts und niemandem kann man in diesen Erzählungen trauen.“
Deutschlandfunk

Quim Monzó. **HUNDERT GESCHICHTEN**
Erzählungen. 800 Seiten, gebunden
„Quim Monzós Kurzgeschichten sind das Beste, was Europa im letzten Jahrzehnt hervorgebracht hat.“
WORLD LITERATURE TODAY

Sylvia Plath. **DIE TAGEBÜCHER**
492 Seiten, gebunden
„Ein großartiges Stück autobiographische Literatur. Kraftvoll und poetisch, klug und sprachlich ausgefeilt.“
BRIGITTE

Marion Poschmann. **SCHWARZWEISSROMAN**
Roman. 320 Seiten, gebunden
„Hier gibt es keine abgegriffenen Worte, keine sattsam bekannten Figuren. So etwas hat man noch nicht gelesen.“
BÜCHER

Minka Pradelski. **UND DA KAM FRAU KUGELMANN**
Roman. 256 Seiten, gebunden
„Das ist wunderschön! Wir haben dieses Buch beide sehr geliebt.“ ELKE HEIDENREICH UND IRIS BERBEN IN DER FERNSEHSENDUNG *LESEN!*

Thomas von Steinaecker. **WALLNER BEGINNT ZU FLIEGEN**
Roman. 368 Seiten, gebunden
Deutscher Buchpreis Shortlist, aspekte-Literaturpreis für das beste deutschsprachige Romandebüt 2007
„Ein Roman über die Zeit, über ihre Geschwindigkeit, ihre Langsamkeit und vor allem die Tatsache, daß dem Leben des Menschen die Rückspultaste fehlt – in einer Sprache, die hundert Jahre zu einem einzigen, schnellen, unvergesslichen Leseerlebnis macht.“ JULI ZEH

Jean-Philippe Toussaint. Das Badezimmer
Roman. 128 Seiten, gebunden
„Um Toussaint einzuordnen, müsste man ihn irgendwo zwischen Kafka und Beckett stellen, eine Brücke zwischen Mondrian und Pascal." Le Monde

Jean-Philippe Toussaint. Der Photoapparat
Roman. 120 Seiten, gebunden
„Toussaints Stil, kühl und zart wie ein seidiger Sonnentag im Oktober, ist reiner Genuss für den Leser. Und zugleich wird einem – ganz unangestrengt – ordentlich das Hirn gefüttert." NDR

Jean-Philippe Toussaint. Sich lieben
Roman. 154 Seiten, gebunden
„Das Wesen der Liebe besteht darin, dass sie sich nicht beenden lässt. Dies scheint Toussaint mitteilen zu wollen, ganz und gar toussaintesk natürlich, beiläufig, unpathetisch, parenthetisch, versteckt im offenen, schwebenden Schluss seines bisher schönsten Romans." Neue Zürcher Zeitung

Jean-Philippe Toussaint. Fliehen
Roman. 178 Seiten, gebunden
„Manchmal kommen sie doch noch aus Frankreich, die Bücher, die man von den Franzosen erwartet. Bücher über die Liebe... In wunderbar poetischer Zartheit schildert Toussaint ein Zueinanderfinden von so makelloser Klassizität, daß man wieder daran glauben möchte, daß dies möglich sei: Liebe und Moderne zu versöhnen." Die Welt